Lautlos versammeln sich Möwen, Raben und Krähen an der Küste Cornwalls und werden für die Menschen zu einer tödlichen Bedrohung. – Und in Venedig, wo ein Massenmörder sein Unwesen treibt, erlebt ein englisches Ehepaar einen Albtraum zwischen Wahnsinn und Realität.
Daphne du Mauriers berühmteste Erzählungen *Die Vögel* und *Wenn die Gondeln Trauer tragen* in einem Band. Das ist Horror vom Feinsten. Die englische Bestsellerautorin versteht es meisterhaft, hinter der Maske des Unscheinbaren und Alltäglichen den Schauer des Ungewissen und Rätselhaften zu entfalten.

Daphne du Maurier, geboren am 13. Mai 1907, wuchs in London und Paris auf und ließ sich im Alter von 19 Jahren in Cornwall nieder. Sie veröffentlichte über 20 Romane, historische Biographien und Novellensammlungen, die weltweit in Millionenauflagen erschienen. 1969 verlieh ihr die englische Königin den Titel »Dame«. Daphne du Maurier starb am 19. April 1989 in ihrem Haus Kilmarth in Cornwall.
Im insel taschenbuch liegen außerdem in Neuübersetzungen vor: *Rebecca* (it 4434); *Meine Cousine Rachel* (it 4497).

insel taschenbuch 4621

Daphne du Maurier

Die Vögel

Wenn die Gondeln Trauer tragen

Daphne du Maurier

DIE VÖGEL
&
WENN DIE GONDELN TRAUER TRAGEN

Zwei Erzählungen

Aus dem Englischen von
Christel Dormagen und Brigitte Heinrich

Insel Verlag

Klimaneutral
Druckprodukt
ClimatePartner.com/14438-2110-1001

4. Auflage 2024

Erste Auflage 2017
insel taschenbuch 4621
Neuübersetzung

Vertrieb durch den Suhrkamp Taschenbuch Verlag
Umschlaggestaltung: Rothfos & Gabler, Hamburg
Umschlagfoto: Harald Braun, plainpicture, Hamburg
Satz: Satz-Offizin Hümmer GmbH, Waldbüttelbrunn
Druck: CPI books GmbH, Leck
Printed in Germany
ISBN 978-3-458-36321-7

www.insel-verlag.de

DIE VÖGEL

Am dritten Dezember änderte der Wind sich über Nacht, und es war Winter. Bis dahin war der Herbst mild gewesen, angenehm. Die Bäume waren immer noch belaubt, golden-rot, und die Hecken noch grün. Der Boden war fett, dort wo der Pflug ihn umgewendet hatte.

Nat Hocken bezog wegen einer Kriegsverletzung eine Rente und arbeitete nicht ganztägig auf der Farm. Er arbeitete drei Tage die Woche und wurde mit den leichteren Aufgaben betraut: Hecken pflanzen, Strohdächer warten, Wirtschaftsgebäude instand halten.

Obwohl er verheiratet war und Kinder hatte, neigte er eher zum Einzelgänger; am liebsten arbeitete er allein. Er freute sich, wenn er eine Böschung anlegen oder ganz am Ende der Halbinsel, dort wo das Meer die Farm auf beiden Seiten umschloss, ein Tor reparieren sollte. Mittags machte er dann eine Pause, aß die Pastete, die seine Frau ihm gebacken hatte, und beobachtete vom Rand einer Klippe aus die Vögel. Im Herbst ging das am besten, besser als im Frühling. Im Frühling flogen die Vögel landeinwärts, zielstrebig und entschlossen; sie wussten, wo sie hinwollten, Rhythmus und Ritus ihres Lebens duldeten keinen Aufschub. Im Herbst erfasste jene, die nicht weggezogen waren, sondern den Winter im Land verbringen würden, die gleiche drängende Unruhe, doch da ihnen das Überwintern im Süden verwehrt war, folgten sie einem eigenen Muster. Riesige Schwärme kamen auf die Halbinsel und verausgabten sich, rastlos, nervös, in ständiger Bewegung; mal flogen sie weite Bögen und kreisten am Himmel, mal landeten sie auf dem Boden und suchten in der frisch gepflügten fetten Erde nach Futter; aber selbst wenn sie fraßen, schien es, als täten sie es ohne Hunger, ohne Lust. Die Unruhe trieb sie wieder hinauf in den Himmel.

Auf der Suche nach so etwas wie Befreiung verbanden sich Schwarz und Weiß, Dohle und Möwe in seltsamer Partnerschaft, fanden keine Ruhe. Starenschwärme flogen, wie raschelnde Seide, zu frischen Weiden, vom selben Bedürfnis nach Bewegung getrieben, und die kleineren Vögel, die Finken und die Lerchen, stoben wie unter Zwang von Baum zu Hecke.

Nat beobachtete sie, und er beobachtete auch die Seevögel. Unten in der Bucht warteten sie auf die Flut. Sie hatten mehr Geduld. Austernfischer, Rotschenkel, Brachvogel und Sanderling hielten Wache am Wassersaum. Wenn das Meer träge am Ufer saugte, sich wieder zurückzog, dabei einen Streifen Seetang zurückließ und den Kies aufwühlte, rannten die Seevögel los, flitzten den Strand hinauf. Dann wurden auch sie von diesem Drang zum Fliegen erfasst. Kreischend, pfeifend und rufend ließen sie das Ufer hinter sich und strichen über das friedliche Meer. Eilt euch, macht schnell und los wie der Blitz! Doch wohin und aus welchem Grund? Die herbstliche Unruhe, so unbefriedigend und traurig, hatte sie verhext; sie mussten sich versammeln, ihre Kreise ziehen und schreien; sie mussten ihren Bewegungsdrang ausleben, bevor der Winter kam.

Vielleicht, dachte Nat, während er am Klippenrand seine Teigtasche kaute, empfangen die Vögel im Herbst eine Botschaft, eine Art Warnung. Der Winter naht. Viele von ihnen werden verenden. Und ähnlich wie die Menschen sich, aus Angst vor vorzeitigem Tod, zur Arbeit oder zu Unsinn antreiben, machen es auch die Vögel.

In diesem Herbst waren die Vögel rastloser denn je, die Erregtheit offensichtlicher, weil die Tage ruhig waren. Während der Traktor im Westen hügelauf, hügelab seine Bahnen zog, die Gestalt des Farmers als Silhouette auf dem Fahrersitz, verschwanden Maschine und Mann immer wieder für Augenblicke in einer großen Wolke kreisender, schreiender Vögel. Sie waren zahlreicher als sonst, da war Nat sich sicher. Sie folgten dem Pflug in jedem Herbst, aber nicht in solch riesigen Schwärmen und nicht mit solchem Geschrei.

Nat machte eine Bemerkung darüber, als er am Abend die Arbeit an der Hecke unterbrach. »Ja«, meinte der Farmer, »es sind mehr Vögel als sonst; das ist mir auch aufgefallen. Und manche sind richtig verwegen, scheren sich nicht um den Traktor. Ein oder zwei Möwen sind mir heute Nachmittag so nah gekommen, dass ich dachte, sie stoßen mir die Mütze vom Kopf! Dabei konnte ich sowieso kaum sehen, was ich machte, mit den Vögeln über mir und der Sonne, die mir direkt in die Augen schien. Mein Gefühl sagt mir, das Wetter schlägt um. Es wird ein harter Winter. Deswegen sind die Vögel so unruhig.«

Während Nat über die Felder heimwärts trottete und in den Pfad zu seinem Häuschen einbog, sah er, dass die Vögel im letzten Sonnenlicht noch immer über den westlichen Hügeln kreisten. Tidenhochwasser, kein Wind und das graue Meer ruhig. Letzte Lichtnelken blühten noch in den Hecken, und die Luft war mild. Und doch hatte der Farmer recht, denn in jener Nacht schlug das Wetter um. Nats Schlafzimmer ging nach Osten. Kurz nach zwei wachte er auf und hörte den Wind im Kamin. Nicht das Toben und Wüten eines Gewittersturms aus Südwest, der den Regen brachte, sondern Ostwind, kalt und trocken. Er klang hohl im Kamin, und eine lose Schindel klapperte auf dem Dach. Nat horchte und konnte hören, wie das Meer in der Bucht toste. Selbst die Luft in dem kleinen Schlafzimmer hatte sich abgekühlt. Unter der Tür her wehte es bis zum Bett. Nat zog die Decke fester um sich, schmiegte sich enger an den Rücken seiner schlafenden Frau und blieb wachsam, hellhörig, grundlos Böses ahnend.

Dann hörte er das Klopfen am Fenster. Es wuchsen keine Kletterpflanzen an den Hauswänden, die sich hätten lösen und an der Scheibe kratzen können. Er horchte, und das Klopfen ging weiter, bis Nat, irritiert von dem Geräusch, schließlich aufstand und ans Fenster trat. Er öffnete es, und im selben Moment streifte etwas seine Hand, hieb nach seinen Knöcheln, zerkratzte die Haut. Er erkannte das Flattern von Flügeln, und schon war es verschwunden, über dem Dach, hinter dem Haus.

Ein Vogel. Was für ein Vogel, konnte er nicht sagen. Er musste auf dem Fensterbrett Schutz vor dem Wind gesucht haben.

Nat schloss das Fenster und ging wieder zu Bett. Er spürte, dass seine Finger nass waren, und hielt sie an den Mund. Der Vogel hatte sie blutig gekratzt. Erschrocken und verwirrt, so vermutete er, hatte der Schutz suchende Vogel in der Dunkelheit nach ihm gehackt. Erneut richtete er sich zum Schlafen ein.

Und schon ertönte das Klopfen erneut, diesmal kräftiger, hartnäckiger, jetzt weckte das Geräusch auch seine Frau auf, sie drehte sich im Bett zu ihm um und sagte: »Sieh mal nach dem Fenster, Nat, es klappert.«

»Ich habe schon nachgesehen«, erklärte er, »da ist ein Vogel, der reinzukommen versucht. Hörst du nicht den Wind? Er weht von Osten, und die Vögel suchen Schutz vor ihm.«

»Verjag sie«, sagte sie, »bei dem Krach kann ich nicht schlafen.«

Er ging zum zweiten Mal ans Fenster. Doch als er es öffnete, saß da nicht nur ein Vogel auf dem Sims, sondern ein halbes Dutzend; sie flogen ihm direkt ins Gesicht und attackierten ihn.

Er schrie, schlug mit den Armen um sich, um sie zu vertreiben. Wie zuvor flogen sie über das Dach und verschwanden. Rasch schloss er das Fenster und verriegelte es.

»Hast du das gesehen?«, fragte er. »Sie haben mich angegriffen, wollten mir die Augen aushacken.« Er stand am Fenster, spähte in die Dunkelheit und konnte nichts erkennen. Schlaftrunken murmelte die Frau etwas.

»Ich spinne nicht«, erwiderte er, verärgert über ihre Unterstellung. »Ich sage dir, die Vögel haben auf dem Sims gestanden und versucht, ins Zimmer zu kommen.«

Plötzlich drang ein entsetzter Schrei aus dem Zimmer auf der anderen Seite des Flurs, wo die Kinder schliefen.

»Das ist Jill«, sagte seine Frau, die bei dem Geräusch hochgefahren war. »Geh und sieh nach, was los ist.«

Nat zündete die Kerze an, doch als er die Schlafzimmertür öffnete und in den Flur trat, blies der Luftzug die Flamme aus.

Ein zweiter Entsetzensschrei folgte, diesmal von beiden Kindern. Als er in ihr Zimmer stolperte, spürte er Flügelschlagen in der Dunkelheit. Das Fenster stand weit offen. Vögel kamen herein, stießen erst gegen Decke und Wände, drehten dann ab, flogen auf die Kinder in ihren Betten zu.

»Alles in Ordnung, ich bin da«, rief Nat. Die Kinder klammerten sich schreiend an ihn, während die Vögel in der Dunkelheit aufstiegen und niedersanken und sich erneut auf ihn stürzten.

»Was ist los, Nat, was ist passiert?«, rief seine Frau aus dem anderen Zimmer, und eilig schob er die Kinder durch die Tür in den Flur und schloss sie hinter ihnen. Jetzt war er allein mit den Vögeln im Zimmer.

Er zog eine Decke von dem Bett neben sich und schwenkte sie wie eine Waffe nach rechts und links durch die Luft. Er spürte den dumpfen Aufprall von Körpern, hörte das Flattern von Flügeln, aber noch waren sie nicht besiegt; wieder und wieder kehrten sie zu erneuten Attacken zurück, versetzten ihm Hiebe auf Hände und Kopf, die kleinen, spitzen Schnäbel scharf wie Gabelzinken. Aus der Decke wurde ein Schutzinstrument; er wickelte sie sich um den Kopf und schlug in der noch tieferen Dunkelheit mit bloßen Händen auf die Vögel ein. Er wagte nicht, sich zur Tür zu tasten und sie zu öffnen, aus Furcht, die Vögel könnten ihm folgen.

Er wusste nicht, wie lange er in der Dunkelheit gegen sie kämpfte, doch schließlich wurden die Flügelschläge seltener, hörten endlich auf, und durch die feste Decke drang kaum Helligkeit. Er wartete, horchte. Bis auf das quengelnde Weinen eines der Kinder im anderen Schlafzimmer war alles still. Das Flattern, das Flügelschwirren, es war vorbei.

Er zog die Decke vom Kopf und blickte sich um. Grau lag der Raum im kalten Morgenlicht da. Die Morgendämmerung und das offene Fenster hatten die lebenden Vögel gerufen; die toten lagen auf dem Boden. Schockiert und entsetzt betrachtete Nat die kleinen Leichen. Sie waren alle klein, nicht ein Vogel von nennenswerter Größe; es mussten an die fünfzig sein, die da auf dem Boden lagen. Rotkehlchen, Zeisige, Spatzen, Blaumeisen, Lerchen, Bergfinken – Vögel, die sich normalerweise an ihre Artgenossen und ihr eigenes Territorium hielten, hatten sich in ihrem Kampfesdrang zusammengetan und an den Schlafzimmerwänden entweder selbst umgebracht oder waren durch ihn getötet worden. Einige hatten während der Schlacht Federn verloren, andere hatten Blut, sein Blut, an den Schnäbeln.

Mit einem elenden Gefühl trat Nat ans Fenster und starrte auf die Felder hinter seinem Garten.

Es war bitterkalt, und die Erde sah sehr nach hartem, schwarzem Frost aus. Nicht dem weißen Frost, der in der Morgensonne leuchtet, sondern dem schwarzen Frost, den der Ostwind bringt. Das Meer, rauer jetzt beim Wechsel der Tide, schaumgekrönt und steil, rollte stürmisch in die Bucht. Von den Vögeln keine Spur. Nicht ein einziger Spatz zwitscherte in der Hecke hinter dem Gartentor, keine verfrühte Misteldrossel oder Amsel pickte im Gras nach Würmern. Kein anderes Geräusch war zu hören, nur der Ostwind und das Meer.

Nat schloss Fenster und Tür des kleinen Raums und lief über den Flur in sein Schlafzimmer. Seine Frau saß aufrecht im Bett, das größere Kind schlafend neben sich, das kleinere, mit verpflastertem Gesicht, in den Armen. Die Vorhänge vor dem Fenster waren fest zugezogen, die Kerzen angezündet. In dem gelben Licht wirkte ihr Gesicht befremdlich. Sie schüttelte den Kopf, er solle schweigen.

»Er schläft jetzt«, flüsterte sie, »aber erst seit eben. Etwas muss ihn geschnitten haben, er hatte Blut in den Augenwinkeln. Jill sagt, das waren die Vögel. Sie sagt, sie ist aufgewacht, und die Vögel waren im Zimmer.«

Seine Frau blickte ihn an, suchte in seinem Gesicht nach Bestätigung. Sie wirkte verschreckt, verunsichert, und er wollte nicht, dass sie merkte, wie durcheinander, beinah betäubt auch er von den Ereignissen der letzten Stunden war.

»Da drüben liegen Vögel«, sagte er, »tote Vögel, an die fünfzig. Rotkehlchen, Zaunkönige, all die kleinen Vögel von hier. Als hätte sie mit dem Ostwind der Wahnsinn gepackt.« Er setzte sich neben seiner Frau aufs Bett und nahm ihre Hand. »Das ist das Wetter«, sagte er, »es muss das schlimme Wetter sein. Vielleicht sind es keine Vögel von hier. Vielleicht sind sie vom Landesinneren hergeweht worden.«

»Aber, Nat«, flüsterte seine Frau, »das Wetter ist doch erst heute Nacht umgeschlagen. Da war kein Schnee, der sie vor sich her hätte treiben können. Und hungrig können sie auch nicht sein. Es gibt noch Futter für sie, da draußen auf den Feldern.«

»Es ist das Wetter«, wiederholte Nat. »Ich sage dir, es ist das Wetter.«

Erschöpft und müde starrten sie einander eine Weile wortlos an.

»Ich mache uns unten einen Tee«, sagte er.

Der Anblick der Küche beruhigte ihn. Die ordentlich auf der Anrichte gestapelten Tassen und Untertassen, der Tisch und die Stühle, das Strickzeug seiner Frau auf dem Korbsessel, das Spielzeug der Kinder im Eckschrank.

Er kniete sich vor den Herd, räumte die alte Asche aus und zündete das Feuer wieder an. Bald sorgten die glühenden Scheite für Normalität, der dampfende Kessel und die braune Teekanne gaben ihm ein Gefühl von Sicherheit und Behaglichkeit. Er trank seinen Tee und trug eine Tasse hinauf zu seiner Frau. Dann wusch er sich in der Spülküche, zog seine Stiefel an und öffnete die Hintertür.

Der Himmel war schwer und bleiern, und die braunen Hügel, die am Vortag in der Sonne geschimmert hatten, wirkten dunkel und kahl. Wie ein Rasiermesser entlaubte der Ostwind die Bäume, und die trockenen Blätter raschelten und zitterten und stoben bei jedem Windstoß auseinander. Nat stieß mit dem Stiefel gegen die Erde. Sie war hart gefroren. Einen so schnellen und plötzlichen Wetterwechsel hatte er noch nie erlebt. In einer einzigen Nacht war der schwarze Winter hereingebrochen.

Oben waren die Kinder aufgewacht. Jill plapperte, und Klein Johnny weinte wieder. Nat hörte die beruhigende, tröstende Stimme seiner Frau. Dann kamen sie herunter. Er hatte das Frühstück für sie vorbereitet, der gewohnte Alltag begann.

»Hast du die Vögel vertrieben?«, fragte Jill, die sich wieder beruhigt hatte, weil das Feuer in der Küche brannte, weil ein neuer Tag begann, weil das Frühstück bereitstand.

»Ja, jetzt sind alle weg«, erwiderte Nat. »Der Ostwind

hat sie hergetrieben. Sie hatten sich verirrt, sie waren verängstigt und suchten Schutz.«

»Sie haben versucht, uns mit ihren Schnäbeln zu picken«, sagte Jill. »Sie wollten Johnny die Augen aushacken.«

»Das haben sie nur aus Angst gemacht«, sagte Nat. »In dem dunklen Zimmer wussten sie gar nicht, wo sie waren.«

»Hoffentlich kommen sie nicht wieder«, sagte Jill. »Wenn wir Brot draußen vors Fenster legen, fressen sie das vielleicht und fliegen weg.«

Als sie mit dem Frühstück fertig war, holte sie Mantel und Mütze, ihre Schulbücher und den Ranzen. Nat sagte nichts, aber seine Frau blickte ihn über den Tisch hinweg an. Es gab eine stumme Übereinkunft zwischen ihnen.

»Ich bringe sie zum Bus«, sagte er, »ich muss heute nicht auf die Farm.«

Und während das Kind sich in der Spülküche die Hände wusch, sagte er zu seiner Frau: »Halt alle Fenster geschlossen und die Türen auch. Nur für alle Fälle. Ich werde zur Farm gehen und mich erkundigen, ob sie nachts irgendetwas gehört haben.« Dann begleitete er seine kleine Tochter den Weg hinauf zur Haltestelle. Sie schien die nächtlichen Erlebnisse vergessen zu haben. Sie tanzte vor ihm her und jagte den Blättern nach, das Gesicht unter der Zipfelmütze rosig von der schneidenden Kälte.

»Schneit es heute, Papa?«, fragte sie. »Kalt genug dafür ist es doch.«

Er schaute zum trüben Himmel hinauf, spürte, wie der Wind an seinen Schultern zerrte.

»Nein«, antwortete er, »es gibt keinen Schnee. Es wird ein schwarzer Winter werden, kein weißer.«

Unterwegs suchte er die Hecken nach Vögeln ab, spähte über die Büsche hinweg zu den Feldern dahinter und ließ den Blick zu dem kleinen Wäldchen oberhalb der Farm schweifen, wo normalerweise Schwärme von Saatkrähen und Dohlen kreisten. Er entdeckte nicht einen.

Die anderen Kinder warteten bereits an der Bushaltestelle, warm eingemummt und mit Mütze wie Jill, die Gesichter bleich und verfroren von der Kälte.

Jill rannte ihnen winkend entgegen. »Mein Papa sagt, es gibt keinen Schnee«, rief sie, »es wird ein schwarzer Winter werden.«

Von den Vögeln sagte sie nichts. Sie fing an, sich mit einem anderen kleinen Mädchen zu schubsen und zu balgen. Der Bus kam den Hügel hoch geschnauft. Nat half ihr hinein, dann machte er kehrt und ging zurück zur Farm. Er musste heute nicht arbeiten, wollte sich aber vergewissern, dass alles in Ordnung war. Jim, der Stallbursche, polterte im Hof herum.

»Chef da?«, fragte Nat.

»Zum Markt gefahren«, antwortete Jim. »Ist doch Dienstag heute.«

Er stapfte davon, verschwand hinter einem Stall. Er hatte keine Zeit für Nat. Nat galt als hochnäsig. Er lese Bücher und alles Mögliche, hieß es. Nat hatte vergessen, dass Dienstag war. Daran merkte er, wie sehr die Ereignisse der vergangenen Nacht ihn aus dem Gleichgewicht gebracht hatten. Er ging zum hinteren Eingang der Farm und hörte Mrs Trigg in der Küche singen, das Radio lieferte die Hintergrundmelodie.

»Sind Sie da, Chefin?«, rief Nat laut.

Sie kam zur Tür, strahlend, stämmig, eine gutmütige Frau.

»Hallo, Mr Hocken«, sagte sie. »Können Sie mir verraten, woher diese Kälte kommt? Etwa aus Russland? So einen Wetterumschlag habe ich noch nie erlebt. Und es soll so bleiben, sagt das Radio. Hat angeblich was mit dem Polarkreis zu tun.«

»Wir haben heute Morgen kein Radio gehört«, sagte Nat. »Wir hatten nämlich Ärger in der Nacht.«

»Sind die Kleinen krank?«

»Nein …« Er wusste nicht recht, wie er es erklären sollte. Jetzt, bei Tageslicht, würde die Schlacht mit den Vögeln absurd klingen.

Er versuchte Mrs Trigg zu berichten, was geschehen war, doch an ihren Augen konnte er ablesen, dass sie seine Geschichte für einen Albtraum hielt.

»Sind Sie sicher, dass es richtige Vögel waren«, meinte sie lächelnd, »mit echten Federn und allem Drum und Dran? Nicht die komische Sorte, die die Männer samstagabends nach Kneipenschluss sehen?«

»Mrs Trigg«, sagte er, »auf dem Boden des Kinderzimmers liegen fünfzig tote Vögel, Rotkehlchen, Zaunkönige und so weiter. Sie haben mich angegriffen; sie wollten Klein Johnny die Augen aushacken.«

Mrs Trigg musterte ihn skeptisch.

»Tja, also«, sagte sie, »vermutlich hat das Wetter sie gebracht. Und im Schlafzimmer wussten sie dann wohl nicht, wo sie waren. Vielleicht keine Vögel von hier, sondern vom Polarkreis.«

»Nein«, erwiderte Nat, »das waren Vögel, wie man sie hier jeden Tag sieht.«

»Komisch«, meinte Mrs Trigg, »da gibt es dann wohl keine Erklärung für. Sie sollten einen Brief an den *Guar-*

dian schreiben. Die wüssten bestimmt eine Antwort. So und jetzt muss ich weitermachen.«

Sie nickte, lächelte und ging zurück in die Küche.

Unzufrieden machte Nat sich auf den Rückweg. Wenn da nicht diese Kadaver auf dem Schlafzimmerfußboden gewesen wären, die er jetzt zusammensammeln und irgendwo würde beerdigen müssen, hätte er den Bericht wohl ebenfalls für übertrieben gehalten.

Am Hoftor stand Jim.

»Gab's hier irgendwelchen Ärger mit den Vögeln?«, fragte Nat.

»Mit Vögeln? Welchen Vögeln?«

»Wir hatten welche bei uns im Haus vergangene Nacht. Mehrere Dutzend, sind ins Kinderzimmer gekommen. Waren ziemlich wild, die Vögel.«

»Ach?« Es dauerte immer ziemlich lange, bis etwas in Jims Gehirn ankam. »Hab nie was von brutalen Vögeln gehört«, sagte er endlich. »Manchmal werden die doch sogar zahm. Ich hab schon gesehen, wie sie ans Fenster gekommen sind, um sich Brotkrümel zu holen.«

»Die Vögel von gestern Nacht waren nicht zahm.«

»Nein? Haben vielleicht gefroren. Oder waren hungrig. Streu ihnen was zu fressen hin.« Jim interessierte sich genauso wenig wie Mrs Trigg. Es ist wie bei den Luftangriffen im Krieg, dachte Jim. Niemand hier in der Gegend wusste, was die Leute in Plymouth gesehen und erlitten hatten. Nur wenn man selbst etwas durchgemacht hatte, konnte man mitfühlen. Er lief den ganzen Weg zurück, stieg über den Zauntritt und betrat das Haus. Seine Frau war mit Klein Johnny in der Küche.

»War jemand zu Hause?«, fragte sie.

»Mrs Trigg und Jim«, antwortete er. »Aber sie haben mir offenbar nicht geglaubt. Jedenfalls ist bei denen alles in Ordnung.«

»Du solltest die Vögel wegschaffen«, sagte sie. »Vorher traue ich mich nicht in das Zimmer, um die Betten zu machen. Ich hab Angst.«

»Du musst keine Angst mehr haben«, sagte Nat. »Sie sind tot.«

Er nahm einen Sack, ging nach oben und warf die steifen Kadaver einen nach dem anderen hinein. Ja, es waren tatsächlich fünfzig. Ganz normale Wald- und Wiesenvögel, keiner größer als eine Drossel. Ihr Verhalten ließ sich nur mit Panik erklären. Blaumeisen, Zaunkönige, unglaublich, was für eine Kraft in diesen kleinen Schnäbeln steckte, die in der Nacht auf sein Gesicht und seine Hände eingehackt hatten. Er trug den Sack nach draußen in den Garten und sah sich nun einem neuen Problem gegenüber. Der Boden war zu hart, um umgegraben zu werden. Er war festgefroren, aber geschneit hatte es noch nicht; nichts war in den vergangenen Stunden passiert, nur der scharfe Ostwind war neu. Das war unnatürlich, seltsam. Die Wetterpropheten hatten offenbar doch recht. Es musste mit dem Polarkreis zusammenhängen.

Der Wind bohrte sich wie ein Messer in seine Knochen, während er ratlos dastand, den Sack in der Hand. Er konnte die weißen Schaumkronen der Wellen sehen, die sich unten in der Bucht brachen. Er beschloss, die Vögel hinunter zum Ufer zu tragen und sie dort zu begraben.

Als er den Strand unterhalb der Landspitze erreichte, kam er wegen des stürmischen Ostwinds kaum voran. Jeder Atemzug schmerzte, und seine nackten Hände waren blaugefroren. Solch eine Kälte hatte er noch nie erlebt, in all den schlimmen Wintern nicht, an die er sich erinnern konnte. Zurzeit war Niedrigwasser. Er lief über den knirschenden Kies hinunter zum weicheren Sand und hackte, den Rücken gegen den Wind gestemmt, mit dem Absatz ein Loch in den Sand. Er hatte vor, die Vögel dort hineinzuwerfen, doch als er den Sack öffnete, fuhr der Wind hinein, packte sie und riss sie fort, als könnten sie wieder fliegen. Sie wurden über den Strand geblasen, wie Federn durcheinandergewirbelt, mit dem Sturm davongetragen, fünfzig gefrorene Vogelleichen. Der Anblick hatte etwas Hässliches. Er gefiel ihm nicht.

»Wenn die Flut kommt, wird sie sie mitnehmen«, sagte er laut zu sich selbst.

Er sah hinaus aufs Meer, beobachtete die schaumgekrönten grünen Brecher, die sich aufbäumten, wölbten und erneut brachen. Es herrschte Ebbe, das Tosen war weiter entfernt, klang gedämpfter, es fehlte der donnernde Lärm der Flut.

Dann sah er sie. Die Möwen. Dort draußen ritten sie auf den Wellen.

Was er zunächst für Schaumkronen gehalten hatte, waren Möwen. Hunderte, Tausende, Zehntausende ... Hinauf getragen und hinab in die Wellentäler stürzend, die Köpfe im Wind, wie eine gewaltige Flotte, die, in Erwartung der Flut, vor Anker lag. Nach Osten hin und im Westen, die Möwen waren überall. So weit sein Auge reichte, eine Phalanx hinter der anderen, in dichter Formation. Wäre das Meer ruhig gewesen, hätten sie sich wie eine weiße Wolke über die Bucht gelegt, Kopf an Kopf, Körper an Körper. Nur der Ostwind, der das Wasser unentwegt zu Brechern aufpeitschte, hielt sie von der Küste fern.

Nat machte kehrt, verließ den Strand und stieg den steilen Weg zu seinem Häuschen wieder hinauf. Jemand musste davon erfahren. Jemand musste informiert werden. Da war etwas im Gange, das er nicht verstand. Etwas, das mit dem Ostwind und dem Wetter zusammenhing. Er überlegte, ob er zur Telefonzelle an der Bushaltestelle laufen und die Polizei anrufen sollte. Doch was könnte die tun? Was konnte überhaupt irgendjemand tun? Bei Abertausenden Möwen, die dort in der Bucht auf den Wellen ritten, weil es stürmte, weil sie hungrig waren. Die Polizei würde ihn für verrückt oder betrunken halten oder seine Aussage ungerührt entgegennehmen. »Vielen Dank. Ja, der Vorfall wurde schon gemeldet. Das schlechte Wetter treibt die Vögel in großer Zahl hierher.« Nat blickte um sich. Immer noch keine Spur von irgendwelchen anderen Vögeln. Vielleicht hatte die Kälte sie alle aus dem Landesinneren hergetrieben. Er hatte das Haus noch gar nicht erreicht, da trat seine Frau schon aus der Tür. Aufgeregt rief sie ihm etwas zu. »Nat«, sagte sie, »es kam im Radio. Sie haben gerade eine Extrameldung verlesen. Ich habe sie mitgeschrieben.«

»Was kam im Radio?«, fragte er.

»Das mit den Vögeln«, erwiderte sie. »Es ist nicht nur hier, es ist überall. In London, im ganzen Land. Irgendetwas ist mit den Vögeln.«

Gemeinsam gingen sie in die Küche. Er las den Zettel, der auf dem Tisch lag.

»Bekanntmachung des Innenministeriums heute Vormittag um elf Uhr. Stündlich erreichen uns aus dem ganzen Land neue Berichte über riesige Vogelschwärme, die sich über Städten, Dörfern und abgelegenen Gegenden sammeln, für Behinderungen sorgen und Schäden anrichten und sogar Menschen angreifen. Es wird vermutet, dass der arktische Luftstrom, der zurzeit über die Britischen Inseln hinwegzieht, die Vögel in Massen nach Süden treibt und dass die halb verhungerten Tiere womöglich aus diesem Grund auch Menschen anfallen. Die Bürger werden gebeten, Fenster, Türen und Schornsteine zu sichern und angemessene Vorsichtsmaßnahmen zur Sicherheit ihrer Kinder zu ergreifen. Weitere Informationen erfolgen später.«

Nat wurde von einer gewissen Aufregung gepackt. Triumphierend blickte er seine Frau an.

»Siehst du«, sagte er, »hoffentlich hören sie das auch auf der Farm. Dann begreift Mrs Trigg, dass es keine Spinnerei war. Es ist wahr. Überall im Land. Ich denke schon den ganzen Morgen, dass etwas nicht stimmt. Und gerade eben, als ich unten am Strand war, habe ich auf dem Meer Möwen gesehen, Tausende, Zehntausende, dicht an dicht, alle da draußen, sie schwimmen auf den Wellen und warten.«

»Und worauf warten sie, Nat?«, fragte seine Frau.

Er sah sie scharf an und schaute dann wieder auf den Zettel.

»Ich weiß es nicht«, erwiderte er nachdenklich. »Hier steht, die Vögel sind hungrig.«

Dann ging er zum Schrank, in dem er seinen Hammer und sonstiges Werkzeug aufbewahrte.

»Was hast du vor, Nat?«

»Mich um die Fenster kümmern und auch um die Schornsteine, so wie sie gesagt haben.«

»Glaubst du etwa, sie würden es durch die geschlossenen Fenster nach drinnen schaffen? Spatzen, Rotkehlchen und so weiter? Wie denn?«

Er gab keine Antwort. Er dachte nicht an Rotkehlchen und Spatzen. Er dachte an die Möwen ...

Er ging nach oben und war den Rest des Vormittags damit beschäftigt, die Fenster der Schlafzimmer mit Brettern zu vernageln und die Kaminöffnungen zu verschließen. Wie gut, dass heute sein freier Tag war und er nicht auf der Farm arbeitete. Er musste an damals denken, als der Krieg begann. Da war er noch nicht verheiratet und hatte wegen der Verdunklungspflicht sämtliche Fenster im Haus seiner Mutter in Plymouth mit Brettern vernagelt. Außerdem den Luftschutzraum gebaut. Nicht dass das irgendetwas genutzt hätte, als es dann so weit war. Er fragte sich, ob sie diese Vorkehrungen auch auf der Farm treffen würden. Er bezweifelte es. Nahmen alles immer zu leicht, Harry Trigg und seine bessere Hälfte. Vielleicht lachten sie über die ganze Geschichte. Gingen tanzen oder spielten eine Runde Karten.

»Das Essen ist fertig.« Sie rief ihn aus der Küche.

»Gut. Ich komme.«

Er war mit seinem Werk zufrieden. Die Bretter passten genau über die kleinen Fensteröffnungen und in die Kaminabzüge.

Während seine Frau nach dem Essen den Abwasch erledigte, schaltete Nat die Ein-Uhr-Nachrichten ein. Es wurde dieselbe Meldung wiederholt, die sie am Morgen notiert hatte, aber man hatte die Nachricht erweitert.

»Die Vogelschwärme haben im ganzen Land für Chaos gesorgt«, las der Nachrichtensprecher vor, »und in London war der Himmel um zehn Uhr so voller Vögel, dass es aussah, als läge die Stadt unter einer riesigen schwarzen Wolke.

Die Vögel ließen sich auf Dächern, Fenstersimsen und Schornsteinen nieder. Unter den vertretenen Arten waren Amseln, Drosseln, der gemeine Haussperling und, wie in der Metropole zu erwarten, eine riesige Anzahl von Tauben und Staren sowie jener Stammgast der Londoner Themse, die Lachmöwe. Der Anblick war derart ungewöhnlich, dass der Verkehr auf vielen Durchgangsstraßen zum Stillstand kam, die Arbeit in den Geschäften und Büros liegen blieb und die Menschen sich auf den Straßen und Gehsteigen sammelten, um die Vögel zu beobachten.«

Es wurde von diversen Vorfällen berichtet. Erneut galten Kälte und Hunger als vermutliche Ursachen, und die Empfehlungen an die Hausbesitzer wurden wiederholt. Die Stimme des Nachrichtensprechers klang ruhig und verbindlich. Nat hatte den Eindruck, dass besonders dieser Mann die gesamte Angelegenheit wie einen raffinierten Witz behandelte. Bestimmt gab es noch andere wie ihn, Hunderte, die keine Ahnung hatten, was es hieß, im Dunkeln gegen einen Schwarm von Vögeln zu kämpfen. Sicherlich wurden heute Abend in London Partys gefeiert, so wie in den Wahlnächten. Menschen würden herumstehen, schreien und lachen und sich betrinken. »Los, kommt, wir gucken uns die Vögel an!«

Nat schaltete das Radio aus. Er stand auf und begann, die Küchenfenster zuzunageln. Seine Frau sah zu, Klein Johnny am Schürzenzipfel.

»Warum auch hier Bretter?«, fragte sie. »Dann muss ich ja schon vor drei Uhr Licht machen. Ich finde, hier unten sind keine Bretter nötig.«

»Vorsicht ist besser als Nachsicht«, erwiderte Nat. »Ich will kein Risiko eingehen.«

»Was sie machen sollten«, sagte sie, »sie sollten die Armee losschicken, damit sie die Vögel abschießt. Das würde sie schnell verscheuchen.«

»Na, viel Glück«, meinte Nat. »Wie sollen sie das denn anstellen?«

»Sie lassen die Armee doch auch an den Docks aufmarschieren«, erwiderte sie, »wenn die Hafenarbeiter streiken. Dann müssen die Soldaten die Schiffe entladen.«

»Ja«, sagte Nat, »und London hat acht Millionen Einwohner oder mehr. Denk an all die Gebäude, all die Wohnungen und Häuser. Glaubst du etwa, sie haben genug Soldaten, um die Vögel von jedem Dach schießen zu lassen?«

»Das weiß ich nicht. Aber irgendetwas muss doch unternommen werden. Sie müssen etwas tun.«

Im Stillen dachte Nat, dass »sie« mit Sicherheit genau in diesem Moment das Problem diskutierten, doch was immer »sie« in London und den anderen großen Städten beschlossen, es würde den Menschen hier, beinahe fünfhundert Kilometer entfernt, nicht helfen. Jeder Haushalt musste für sich selbst sorgen.

»Wie sieht es mit unseren Vorräten aus?«, fragte er.

»Also wirklich, Nat, was denn noch!«

»Egal. Was hast du in der Speisekammer?«

»Du weißt doch, dass morgen Einkaufstag ist. Ich lasse keine frischen Lebensmittel herumliegen, sie verderben mir nur. Der Metzger kommt erst übermorgen. Aber ich kann ein paar Sachen mitbringen, wenn ich morgen in die Stadt fahre.«

Nat wollte ihr keine Furcht einjagen. Er hielt es für möglich, dass sie morgen nicht in die Stadt fahren würde. Er warf selbst einen Blick in die Speisekammer und in den Schrank, wo sie die Konserven aufbewahrte. Für ein paar Tage würde es reichen. Brot war knapp.

»Was ist mit dem Bäcker?«

»Der kommt ebenfalls morgen.«

Er sah, dass noch Mehl da war. Wenn der Bäcker nicht lieferte, könnte sie immerhin ein Brot backen.

»Früher wären wir besser zurechtgekommen«, sagte er, »damals backten die Frauen zweimal in der Woche und hatten Sardinen eingelegt, es gab so viele Vorräte für eine Familie, dass es notfalls für eine Belagerung reichte.«

»Ich habe versucht, den Kindern Fisch aus der Dose vorzusetzen, aber den mögen sie nicht«, sagte sie.

Nat fuhr fort, die Küchenfenster mit Brettern zu vernageln. Kerzen. Die Kerzen waren ebenfalls knapp, auch die würden sie am nächsten Morgen besorgen müssen. Nun, es war nicht zu ändern. Sie würden heute früh zu Bett gehen. Das heißt, falls ...

Nat trat durch die Hintertür hinaus in den Garten, blieb stehen und sah aufs Meer. Die Sonne hatte den ganzen Tag nicht geschienen, und jetzt, kurz vor drei, herrschte schon eine Art Dämmerung, der tief hängende Himmel war düster und farblos wie Salz. Nat konnte die heimtückischen Wellen gegen die Felsen donnern hören. Er lief den Weg zum Strand hinunter. Auf halbem Weg hielt er inne. Inzwischen hatte die Flut eingesetzt. Der Felsen, der am Vormittag noch aus dem Wasser ragte, war jetzt verschwunden, doch es war nicht das Wasser, das seinen Blick fesselte. Die Möwen waren aufgestiegen. Sie kreisten, zu Hunderten, zu Tausenden, stemmten ihre Flügel gegen den Wind. Es waren die Möwen, die den Himmel verdunkelten. Sie waren lautlos. Sie gaben kein einziges Geräusch von sich. Sie schwangen sich empor und kreisten, stiegen auf und sanken nieder, maßen ihre Kräfte mit dem Wind.

Nat machte kehrt und rannte zurück zum Haus.

»Ich gehe Jill abholen«, sagte er. »Ich warte auf sie an der Bushaltestelle.«

»Was ist los?«, fragte seine Frau. »Du bist ja ganz blass.«

»Lass Johnny nicht nach draußen«, sagte er. »Halt die Tür geschlossen. Mach Licht und zieh die Vorhänge zu.«

»Es ist doch erst kurz nach drei«, sagte sie.

»Egal. Tu, was ich dir sage.«

Er schaute in den Geräteschuppen draußen neben der Hintertür. Nicht viel Brauchbares. Der Spaten war zu schwer, und die Heugabel taugte nichts. Er nahm die Hacke. Sie kam als Einzige in Frage und ließ sich gut tragen.

Er machte sich auf den Weg zur Bushaltestelle und warf hin und wieder einen Blick zurück.

Die Möwen waren inzwischen höher gestiegen, zogen jetzt weitere, breitere Kreise, bedeckten in riesigen Formationen den ganzen Himmel.

Er beeilte sich. Obwohl er wusste, dass der Bus nicht vor vier Uhr den Hügel heraufkommen würde, drängte es ihn zur Eile. Unterwegs begegnete ihm niemand. Darüber war er froh. Keine Zeit, um stehen zu bleiben und zu plaudern.

Oben auf der Hügelkuppe wartete er. Er war viel zu früh. Er hatte noch eine halbe Stunde. Der Ostwind peitschte von den Höhen herab und jagte über die Felder. Nat stampfte mit den Füßen und blies in die Hände. In der Ferne konnte er die Tonhügel sehen, weiß und sauber standen sie vor dem schweren, fahlen Himmel. Etwas Schwarzes stieg hinter ihnen auf, zuerst war es nur ein Fleck, der größer und voller wurde, dann wurde aus dem Fleck eine Wolke, und diese Wolke teilte sich in fünf neue Wolken, die sich nach Norden, Osten, Süden und Westen ausbreiteten – doch es waren gar keine Wolken, es waren Vögel. Er beobachtete, wie sie über den Himmel zogen, und als ein Schwarm in etwa 600 bis 900 Metern Höhe über seinen Kopf hinweg flog, erkannte er, dass sie landeinwärts flogen; mit den Menschen hier auf der Halbinsel hatten sie nichts im Sinn. Es waren Raben und Saatkrähen, Dohlen, Elstern und Eichelhäher, allesamt Vögel, die normalerweise Jagd auf kleinere Arten machten, aber an diesem Nachmittag waren sie in einem anderen Auftrag unterwegs.

Ihnen sind die Städte zugeteilt worden, dachte Nat, sie wissen, was sie zu tun haben. Wir hier sind nicht so wichtig. Uns sind die Möwen zugedacht. Die anderen ziehen weiter zu den Städten.

Er trat in die Telefonzelle und nahm den Hörer ab. Er müsste nur mit der Vermittlung sprechen. Die würde die Nachricht weitergeben.

»Ich rufe vom Highway an«, sagte er, »bei der Bushaltestelle. Ich möchte riesige, landeinwärts ziehende Vogelschwärme melden. Und in der Bucht sammeln sich die Möwen.«

»In Ordnung«, antwortete eine Stimme, müde und kurz angebunden.

»Und Sie werden die Nachricht bestimmt an die zuständige Abteilung weiterleiten?«

»Ja ... ja ...« Ungeduldig jetzt, genervt. Dann war wieder das Freizeichen zu hören.

Das ist auch so eine, dachte Nat, es interessiert sie nicht. Vielleicht muss sie schon den ganzen Tag Anrufe entgegennehmen. Und heute Abend möchte sie ins Kino. Sie wird die Hand von irgendeinem Kerl drücken und zum Himmel zeigen: »Sieh nur, all die Vögel!« Es interessiert sie nicht.

Der Bus kam den Hügel heraufgezuckelt. Jill und drei, vier andere Kinder kletterten heraus. Der Bus fuhr weiter Richtung Stadt.

»Wofür ist die Hacke, Papa?«

Die Kinder umringten ihn, lachten und zeigten auf das Gerät.

»Die habe ich zufällig dabei«, sagte er. »Los, kommt, lasst uns nach Hause gehen. Es ist kalt. Keine Bummelei. Auf jetzt! Ich will sehen, wie schnell ihr über die Felder laufen könnt.«

Letzteres war an Jills Schulkameraden gerichtet, die aus verschiedenen Familien kamen und in den Gemeindehäusern wohnten. Über eine Abkürzung würden sie zu ihren Häuschen gelangen.

»Wir möchten noch ein bisschen draußen spielen«, sagte eines der Kinder.

»Nein, jetzt nicht. Du gehst nach Hause, oder ich sage es deiner Mama.«

Sie machten große Augen, flüsterten miteinander und

flitzten dann über die Felder davon. Jill starrte ihren Vater mürrisch an.

»Wir spielen nach der Schule immer noch draußen«, sagte sie.

»Heute nicht«, erklärte er. »Los, hier wird nicht getrödelt.«

Er konnte jetzt die Möwen sehen, sie kamen vom Meer aufs Festland, kreisten über den Feldern. Immer noch geräuschlos. Immer noch ohne einen Laut.

»Guck mal, Papa, da drüben, guck mal, all die Möwen.«

»Ja. Mach schnell jetzt.«

»Wohin fliegen die? Wohin wollen die?«

»Weiter landeinwärts, würde ich sagen. Wo es wärmer ist.«

Er griff nach Jills Hand und zog sie hinter sich her den Feldweg entlang.

»Nicht so schnell. Ich komme nicht mit.«

Die Möwen machten es wie die Raben und Krähen. In dichten Formationen breiteten sie sich am Himmel aus. Sie schwärmten zu Tausenden gen Osten und Westen, Norden und Süden.

»Papa, was ist das? Was machen die Möwen da?«

Sie hatten kein eindeutiges Ziel, so wie die Krähen und die Dohlen. Sie kreisten einfach immer über ihren Köpfen. Sie flogen auch nicht so hoch. Es war, als warteten sie auf ein Zeichen. Als müsse noch ein Entschluss gefasst werden. Es fehlte eine klare Anweisung.

»Soll ich dich tragen, Jill? Los, ich nehme dich huckepack.«

Auf diese Weise könnte er vielleicht schneller sein; doch er irrte sich. Jill war schwer. Sie rutschte immer wieder herunter. Und außerdem weinte sie. Das Kind hatte gespürt, wie gehetzt, wie ängstlich er war.

»Ich wünschte, die Möwen würden verschwinden. Ich mag sie nicht. Sie kommen immer näher.«

Er setzte sie wieder ab. Jetzt rannte er, an seiner Hand taumelte Jill hinterher. An der Abzweigung zur Farm sah er, dass Mr Trigg gerade sein Auto rückwärts aus der Garage setzte. Nat machte sich bemerkbar.

»Können Sie uns mitnehmen?«, rief er.

»Wie bitte?«

Der Farmer drehte sich um und starrte sie an. Dann erschien ein Lächeln auf seinem freundlichen roten Gesicht.

»Sieht aus, als könnte es lustig werden«, sagte er. »Haben Sie die Möwen gesehen? Jim und ich werden ein fröhliches Schießen veranstalten. Inzwischen sind alle völlig vogelverrückt und reden von nichts anderem mehr. Ich habe gehört, dass Sie nachts Ärger hatten. Wollen Sie ein Gewehr?«

Nat schüttelte den Kopf.

Das Auto war vollgepackt. Jill würde nur hineinpassen, wenn sie sich hinten auf die Benzinkanister hockte.

»Ich will kein Gewehr«, sagte Nat, »aber es wäre nett, wenn Sie Jill nach Hause fahren könnten. Sie hat Angst vor den Vögeln.«

Er war kurz angebunden. Er wollte vor Jill nicht deutlicher werden.

»Gut«, sagte der Farmer, »ich bringe sie nach Hause. Wie wär's, wenn Sie hier warten und bei der Schießerei mitmachen? Wir werden ordentlich die Federn fliegen lassen.«

Jill kletterte in den Wagen, der Farmer wendete und gab Gas. Nat folgte zu Fuß. Trigg musste wahnsinnig sein. Was nützte ein Gewehr gegen einen Himmel voller Vögel?

Nun da Nat nicht mehr für Jill verantwortlich war, hatte er Zeit, sich umzuschauen. Die Vögel kreisten immer noch über den Feldern. Hauptsächlich Silbermöwen, zwischendrin aber auch Mantelmöwen. Gewöhnlich hielten die sich voneinander fern. Jetzt bildeten sie eine Gemeinschaft. Irgendetwas verband sie miteinander. Mantelmöwen griffen normalerweise die kleineren Vögel an, sogar neugeborene Lämmer, wie er gehört hatte. Selbst gesehen hatte er es noch nie. Doch als er jetzt zum Himmel schaute, fiel es ihm wieder ein. Sie flogen in Richtung Farm. Sie zogen ihre Kreise immer tiefer, und die Mantelmöwen bildeten die Spitze, die Mantelmöwen führten. Die Farm war also ihr Ziel. Sie hatten es auf die Farm abgesehen.

Nat beschleunigte seinen Schritt, wollte nach Hause. Er sah, wie das Auto des Farmers kehrtmachte und ihm entgegenkam. Mit einem Ruck blieb es neben ihm stehen.

»Das Mädel ist ins Haus gerannt«, sagte der Farmer. »Ihre Frau hat schon gewartet. Und Sie, was halten Sie von dem Ganzen? In der Stadt sagen die Leute, das waren die Russen. Die Russen hätten die Vögel vergiftet.«

»Wie hätten sie das anstellen sollen?«, meinte Nat.

»Fragen Sie mich nicht. Sie wissen doch, wie schnell solche Geschichten die Runde machen. Und? Kommen Sie mit zu meiner Schießpartie?«

»Nein, ich will nach Hause. Sonst macht meine Frau sich Sorgen.«

»Meine bessere Hälfte meint, wenn man Möwen essen könnte, hätte die Sache wenigstens irgendeinen Sinn«, sagte Trigg, »dann könnten wir gebratene und gebackene Möwen essen und sie obendrein noch sauer einlegen. Warten Sie, bis ich erst mal ein paar Schrotladungen gegen die Viecher abgefeuert habe. Dann kriegen sie es mit der Angst.«

»Haben Sie auch Ihre Fenster mit Brettern vernagelt?«, fragte Nat.

»Nein. Ist doch Unsinn. Die im Radio wollen einem nur Angst einjagen. Ich habe heute wirklich Besseres zu tun, als meine Fenster zu sichern.«

»Wenn ich Sie wäre, würde ich es jetzt sofort erledigen.«

»Lieber Himmel! Sie sind mir ja ein Schisser. Wollen Sie vielleicht zum Schlafen zu uns kommen?«

»Nein, aber trotzdem vielen Dank.«

»Na dann. Wir sehen uns morgen. Werde Ihnen eine Möwe zum Frühstück servieren.«

Der Farmer grinste und bog in seine Hofeinfahrt.

Nat hastete weiter. Vorbei an dem Wäldchen, vorbei an der alten Scheune und dann über den Zauntritt zum letzten Feld.

Als er vom Zauntritt sprang, hörte er Flügelschwirren. Eine Mantelmöwe stieß vom Himmel auf ihn herab, verfehlte ihn, flog einen Bogen, stieg wieder auf, um erneut anzugreifen. Im Nu schlossen sich andere ihr an, sechs, sieben, ein Dutzend, Mantel- und Silbermöwen. Nat ließ seine Hacke fallen. Die Hacke war nutzlos. Er rannte zum Haus, die Hände schützend über dem Kopf. Die Vögel flogen immer neue Attacken gegen ihn, lautlos, bis auf das Schlagen der Flügel. Diese schrecklichen flatternden Flügel. Er konnte das Blut an seinen Händen, den Handgelenken, im Nacken spüren. Jeder treffende Schnabelhieb zerfetzte sein Fleisch. Wenn er sie wenigstens von seinen Augen fernhalten konnte! Alles andere war unwichtig. Er musste sie von seinen Augen fernhalten. Sie hatten noch nicht gelernt, sich an seinen Schultern festzukrallen, Kleidung zu zerreißen, seinen Kopf, seinen Körper im Verbund anzugreifen. Doch mit jedem weiteren Sturzflug, mit jedem weiteren Angriff wurden sie kühner. An sich selbst dachten sie dabei nicht. Wenn sie tief herabschossen und ihn verfehlten, krachten sie zu Boden, verletzt, mit gebrochenen Knochen. Immer wieder stolperte Nat beim Laufen, stieß gegen die toten Körper, die vor ihm lagen.

Er erreichte die Tür, hämmerte mit blutigen Händen dagegen. Durch die verbarrikadierten Fenster fiel kein Lichtschein. Alles war dunkel.

»Lass mich rein!«, schrie er, »ich bin's, Nat. Lass mich rein.«

Er schrie sehr laut, um die wild schwirrenden Möwenflügel zu übertönen.

Dann sah er den Tölpel, direkt über sich am Himmel, bereit zur Attacke. Die Möwen kreisten, zogen sich zurück, schwangen sich empor, immer gemeinsam, immer mit dem Wind. Nur der Tölpel verharrte. Ein einzelner Tölpel, über ihm am Himmel. Plötzlich faltete er die Flügel zusammen, legte sie an den Körper. Er fiel wie ein Stein. Nat schrie, und die Tür öffnete sich. Er stolperte über die Schwelle ins Haus, und seine Frau warf sich mit ihrem ganzen Gewicht von innen gegen die Tür.

Sie hörten das dumpfe Geräusch beim Aufprall des Tölpels.

Seine Frau würde seine Wunden versorgen. Sie waren nicht tief. Seine Handrücken hatten am meisten abbekommen, und seine Handgelenke. Hätte er keine Mütze getragen, wären sie an seinen Kopf gelangt. Und was den Tölpel betraf ... der Tölpel hätte ihm den Schädel spalten können.

Die Kinder weinten. Sie hatten das Blut an den Händen ihres Vaters gesehen.

»Jetzt ist alles gut«, erklärte er ihnen. »Ich bin nicht verletzt. Nur ein paar Kratzer. Jill, du spielst jetzt mit Johnny. Mami muss nebenan erst mal die Wunden säubern.«

Er folgte seiner Frau in die Spülküche und zog die Tür halb hinter sich zu, damit sie ihn nicht sehen konnten. Seine Frau war aschfahl. Sie drehte den Wasserhahn über dem Becken auf.

»Ich habe sie da oben gesehen«, flüsterte sie. »Sie fingen gerade an, sich zusammenzurotten, als Mr Trigg Jill ablieferte. Ich habe die Tür zugeknallt, und seitdem klemmt sie. Deshalb konnte ich dir nicht sofort öffnen.«

»Gott sei Dank haben sie auf mich gewartet«, sagte er. »Jill wäre sofort hingefallen. Ein einziger Vogel hätte das geschafft.«

Um die Kinder nicht noch mehr zu beunruhigen, flüsterten beide leise miteinander, während sie seine Hände und die Wunden im Nacken verband.

»Sie fliegen landeinwärts«, sagte er, »zu Tausenden. Raben, Krähen, all die größeren Vögel. Ich habe sie an der Bushaltestelle gesehen. Sie sind unterwegs in die Städte.«

»Aber was können sie schon anrichten, Nat?«

»Sie werden angreifen. Jeden, der auf der Straße ist. Dann werden sie sich über die Fenster und die Schornsteine hermachen.«

»Und warum tun die Behörden nichts? Warum rufen sie nicht die Armee, besorgen sich Maschinengewehre, egal was?«

»Dazu fehlt die Zeit. Niemand war vorbereitet. In den Sechs-Uhr-Nachrichten werden wir hören, was sie zu sagen haben.«

Nat kehrte in die Küche zurück, seine Frau folgte ihm. Johnny spielte ruhig auf dem Fußboden. Nur Jill machte ein ängstliches Gesicht.

»Ich kann die Vögel hören«, sagte sie. »Horch, Papa.«

Nat horchte. Gedämpfte Laute kamen von den Fenstern und der Tür. Ein Schleifen und Wischen von Flügeln, ein Kratzen, als wollten sie unbedingt herein. Das Rascheln vieler aneinandergepresster, drängelnder Körper auf den Fensterbänken. Hin und wieder ein dumpfer Aufprall, ein Sturz, wenn ein Vogel niederschoss und stürzte. Einige werden sich auf diese Weise selbst umbringen, dachte er, aber nicht genug. Nie und nimmer genug.

»Hör zu, Jill«, sagte er laut, »ich habe Bretter vor die Fenster genagelt. Die Vögel können nicht herein.«

Er überprüfte alle Fenster. Er hatte gründlich gearbeitet. Jede Ritze war abgedichtet. Er würde sie trotzdem noch zusätzlich sichern. Er suchte Holzkeile und Stöckchen, Blech- und Metallstreifen zusammen und verstärkte die Bretter damit an den Rändern. Sein Hämmern half, das Geräusch der Vögel zu übertönen, das Schieben und das Klopfen und, noch unheilvoller – er wollte nicht, dass seine Frau und die Kinder es hörten –, das Splittern von berstendem Glas.

»Schalt das Radio ein«, sagte er, »lasst uns Radio hören.«

Das würde die Geräusche ebenfalls übertönen. Er ging nach oben und verstärkte auch dort die Bretter vor den Schlafzimmerfenstern. Jetzt konnte er die Vögel auf dem Dach hören, das Kratzen der Krallen, ein Rascheln und Schieben.

Sie würden in der Küche schlafen, beschloss er, das Feuer brennen lassen, die Matratzen hinunterschaffen und auf dem Fußboden ausbreiten. Er fürchtete die Kamine in den Schlafzimmern. Die Bretter vor den Öffnungen konnten nachgeben. In der Küche würden sie wegen des Feuers sicher sein. Er musste das Ganze als Spaß ausgeben. Vor den Kindern so tun, als würden sie Zelten spielen. Sollte es zum Schlimmsten kommen und die Vögel schafften es, über die Kamine einzudringen, würde es immer noch Stunden, vielleicht Tage dauern, ehe sie die Türen aufgehackt hätten. Die Vögel wären in den Schlafzimmern gefangen. Dort konnten sie keinen Schaden anrichten. In drangvoller Enge würden sie jämmerlich ersticken und verenden.

Er begann, die Matratzen nach unten zu tragen. Bei ihrem Anblick weiteten sich die Augen seiner Frau vor Furcht. Sie glaubte, die Vögel seien oben schon eingebrochen.

»So«, sagte er fröhlich, »wir schlafen heute alle zusammen in der Küche. Ist gemütlicher hier beim Feuer. Dann stört es uns nicht, wenn diese blöden alten Vögel gegen die Fenster klopfen.«

Er ließ sich von den Kindern beim Umstellen der Möbel helfen, und mit Unterstützung seiner Frau schob er vorsichtshalber die Anrichte vors Fenster. Sie passte genau. Es war ein zusätzlicher Schutz. An der Wand, wo die Anrichte gestanden hatte, fanden nun die Matratzen Platz, eine neben der anderen.

Jetzt sind wir sicher, dachte er, schön mollig beieinander, fast wie in einem Luftschutzbunker. So können wir ausharren. Nur die Essensvorräte machen mir noch Sorgen. Die Essensvorräte und die Kohlen fürs Feuer. Wir haben genug für zwei oder drei Tage, aber mehr nicht. Danach ...

Sinnlos, so weit vorauszudenken. Und übers Radio würden sie sicherlich Anweisungen erhalten. Man würde der Bevölkerung sagen, was zu tun war. Mitten in all der sorgenvollen Grübelei fiel ihm plötzlich auf, dass nur Tanzmusik gesendet wurde. Nicht das Kinderprogramm, das jetzt eigentlich dran war. Er sah auf die Senderskala. Ja, es war ganz korrekt der öffentliche Rundfunk. Schallplatten zum Tanzen. Er drehte den Knopf weiter zum Unterhaltungssender. Er kannte den Grund. Das normale Programm war eingestellt worden. So etwas geschah nur in außergewöhnlichen Situationen. Bei Wahlen zum Beispiel. Er versuchte sich zu erinnern, ob das während der heftigen Luftangriffe auf London vorgekommen war. Aber natürlich. Die BBC hatte London während des Kriegs verlassen. Die Programme waren vorübergehend von anderen Stationen aus gesendet worden. Hier sind wir besser dran, dachte er, hier in der Küche, wo Fenster und Türen verbarrikadiert sind, haben wir es besser als die Menschen in den Städten. Gott sei Dank leben wir nicht in einer Stadt.

Um sechs Uhr wurde die Plattenmusik unterbrochen. Das Zeitzeichen ertönte. Selbst wenn es die Kinder ängstigen sollte, er musste die Nachrichten hören. Nach dem Zeitzeichen folgte eine Pause. Dann endlich. Die Stimme des Nachrichtensprechers war feierlich, ernst. Ganz anders als am Mittag.

»Hier spricht London«, sagte er. »Heute Nachmittag um vier Uhr wurde der nationale Notstand ausgerufen. Es wurden Maßnahmen ergriffen, Leben und Eigentum der Bevölkerung zu schützen, doch es wird darauf hingewiesen, dass diese aufgrund der unvorhergesehenen, beispiellosen Art der Notlage vermutlich nicht sofort greifen werden. Jeder Hausbesitzer muss selbst Vorkehrungen für sein Gebäude treffen, und dort wo mehrere Parteien in einem Haus leben, etwa in Mietwohnungen und Apartments, müssen sie sich zusammentun und alles in ihren Kräften Stehende unternehmen, um ein Eindringen der Tiere zu verhindern. Es ist absolut unerlässlich, dass jeder Bürger heute Nacht zu Hause bleibt und sich auf keinen Fall in Straßen und Gassen oder irgendwo im Freien aufhält. Die Vögel greifen jeden an, den sie sehen, und haben auch schon Gebäude attackiert; bei gebotener Vorsicht sollten diese jedoch uneinnehmbar sein. Die Bevölkerung wird aufgefordert, Ruhe zu bewahren und Panik zu vermeiden. Aufgrund der außerordentlichen Natur dieser Notsituation wird es vor morgen früh sieben Uhr keine weiteren Nachrichten von irgendeiner Rundfunkstation mehr geben.«

Die Nationalhymne wurde gespielt. Dann war Stille. Nat schaltete das Gerät aus. Er blickte seine Frau an. Sie erwiderte seinen Blick.

»Was bedeutet das?«, fragte Jill. »Was haben die in den Nachrichten gesagt?«

»Heute Abend gibt es kein Radioprogramm mehr«, antwortete Nat. »Bei der BBC gab es eine Störung.«

»Wegen der Vögel?«, fragte Jill. »Sind die Vögel schuld?«

»Nein«, erklärte Nat, »die Leute haben nur alle Hände voll zu tun, und außerdem müssen sie noch die Vögel loswerden, die überall in den Städten Chaos anrichten. Aber wir können sicherlich einen Abend lang mal ohne Radio auskommen.«

»Ich wünschte, wir hätten einen Plattenspieler«, sagte Jill, »das wäre besser als gar nichts.«

Sie hatte sich zu der Anrichte umgedreht, die vor dem Fenster stand. Obwohl sie alle versuchten, es zu ignorieren, war ihnen das Schieben und Hacken, das permanente Flattern und Rauschen von Flügeln nur zu bewusst.

»Lasst uns früh zu Abend essen«, schlug Nat vor, »vielleicht etwas Besonderes. Fragt Mami. Überbackener Käse, wie wäre es damit? Den mögen wir doch alle.«

Er zwinkerte und nickte seiner Frau zu. Er wollte, dass der ängstliche, ahnungsvolle Ausdruck aus Jills Gesicht verschwand.

Er half beim Abendbrot, pfiff und sang, machte so viel Lärm wie möglich, und ihm schien, als sei das Geschiebe und Geklopfe weniger stark als vorher. Er ging nach oben in die Schlafzimmer und horchte, konnte auf dem Dach aber kein Drängeln um Platz mehr hören.

Die sind offenbar zu logischen Schlüssen fähig, dachte er, sie wissen, dass es schwer ist, hier einzubrechen. Sie werden es woanders versuchen. Sie werden ihre Zeit nicht mit uns verschwenden.

Die Mahlzeit verlief ohne Zwischenfälle, und dann, als sie gerade abräumten, hörten sie ein neues Geräusch, dröhnend, vertraut, ein Geräusch, das sie alle kannten.

Froh und erleichtert sah seine Frau ihn an. »Das sind

Flugzeuge«, sagte sie, »sie schicken Flugzeuge gegen die Vögel. Ich sage doch schon die ganze Zeit, dass sie das tun sollen. Damit kriegen sie sie. Sind das nicht Kanonen? Hörst du sie?«

Es könnte sich tatsächlich um Kanonendonner handeln, da draußen auf dem Wasser. Nat war sich nicht sicher. Große Schiffskanonen könnten doch draußen auf dem Wasser etwas gegen die Möwen ausrichten, aber die Möwen waren jetzt auf dem Festland. Die Kanonen konnten nicht gut die Küste beschießen, wegen der Bevölkerung.

»Es tut gut, nicht wahr«, sagte seine Frau, »die Flugzeuge zu hören?« Und Jill, die sich von ihrer Begeisterung anstecken ließ, hüpfte mit Johnny auf und ab. »Die Flugzeuge kriegen die Vögel. Die Flugzeuge werden sie erschießen.«

Genau in dem Augenblick hörten sie in einiger Entfernung ein lautes Krachen, gefolgt von einem zweiten, dann einem dritten. Danach wurde das Dröhnen leiser, entfernte sich über dem Meer.

»Was war das?«, fragte seine Frau. »Haben sie Bomben auf die Vögel geworfen?«

»Ich weiß es nicht«, erwiderte Nat, »aber ich glaube nicht.«

Er wollte ihr nicht sagen, dass das Geräusch von einem abstürzenden Flugzeug stammte. Es handelte sich zweifellos um einen Vorstoß von Seiten der Regierung; man hatte versucht, Aufklärungsmaschinen loszuschicken, doch sie hätten wissen können, dass das Unternehmen selbstmörderisch war. Was konnte ein Flugzeug schon gegen Vögel ausrichten, die sich todesmutig gegen die Propeller und Rümpfe der Maschinen warfen? Es würde nur selbst abstürzen. Ähnliches wurde jetzt vermutlich im ganzen Land versucht. Mit hohem Risiko. Irgendjemand ganz oben hatte den Kopf verloren.

»Wo sind die Flugzeuge hin, Papa?«, fragte Jill.

»Zurück zu ihrem Stützpunkt«, erwiderte er. »Und jetzt ist es Zeit, schlafen zu gehen.«

Seine Frau war damit beschäftigt, die Kinder vor dem Feuer auszuziehen, das Bettzeug herzurichten und was sonst noch zu tun war, während er erneut im Haus umherging und sich vergewisserte, dass sich kein Brett gelockert hatte. Vom Dröhnen der Flugzeuge war nichts mehr zu hören, auch die Schiffskanonen waren verstummt. Vergeudung von Leben und Mühe, dachte Nat im Stillen. Auf diese Weise können wir nicht genügend von ihnen erledigen. Der Preis ist zu hoch. Aber da ist immer noch Gas. Vielleicht versuchen sie, Gas zu versprühen, Senfgas. Natürlich werden sie uns vorher warnen, falls sie es machen. Eins steht fest, heute Nacht werden sich die besten Köpfe des Landes deswegen zusammensetzen.

Irgendwie beruhigte ihn der Gedanke. Vor seinem inneren Auge sah er, wie Wissenschaftler, Naturforscher, Techniker und all jene sogenannten grauen Eminenzen im Hintergrund zusammengerufen wurden; die arbeiteten jetzt an dem Problem. Dies war kein Fall für die Regierung, für die Stabschefs – die würden nur die Anordnungen der Wissenschaftler ausführen.

Sie werden keine Rücksicht mehr nehmen können, dachte er. Wo das Chaos am schlimmsten ist, wird es wahrscheinlich weitere Todesopfer geben, falls sie tatsächlich Gas einsetzen. Dazu das ganze Vieh und der Boden – alles verseucht. Hauptsache, es kommt nicht zu einer Panik. In

Panik verlieren die Menschen den Kopf. Die BBC hatte recht, uns davor zu warnen.

Oben in den Schlafzimmern war alles ruhig. Kein Kratzen und Klopfen an den Fenstern mehr. Eine Kampfpause. Die Truppen formierten sich neu. Hieß das nicht immer so, damals in der Kriegsberichterstattung? Der Wind hatte allerdings nicht nachgelassen. Nat hörte ihn immer noch in den Schornsteinen heulen. Und auch das Brechen der Wellen am Ufer. Dann fielen ihm die Gezeiten ein. Der Tidenwechsel stand bevor. Vielleicht hatte die Kampfpause mit den Gezeiten zu tun. Die Vögel folgten offenbar einem Gesetz, das irgendwie mit dem Ostwind und den Gezeiten zu tun hatte.

Er sah auf seine Uhr. Beinahe acht. Vor einer Stunde musste Flut gewesen sein. Das erklärte die Pause: Die Vögel griffen bei Hochwasser an. Das mochte weiter im Landesinneren nicht zutreffen, aber hier an der Küste schien es so zu sein. Er rechnete im Kopf nach, wie viel Zeit sie hatten. Ihnen blieben noch sechs Stunden ohne Attacken. Beim nächsten Gezeitenwechsel, gegen ein Uhr zwanzig nachts, würden die Vögel zurückkehren ...

Zwei Dinge konnte er tun. Erstens, sich zusammen mit seiner Frau und den Kindern ausruhen und bis nach Mitternacht so viel Schlaf wie möglich ergattern. Zweitens, hinausgehen und schauen, wie es den Leuten auf der Farm ging, schauen, ob das Telefon dort noch funktionierte und man über die Vermittlung vielleicht an weitere Nachrichten kam.

Leise rief er nach seiner Frau, die inzwischen die Kinder zu Bett gebracht hatte. Sie kam ihm auf der Treppe entgegen, und sie unterhielten sich flüsternd.

»Du gehst nicht«, sagte sie sofort, »du wirst nicht gehen, du lässt mich hier mit den Kindern nicht allein. Das ertrage ich nicht.«

Ihre Stimme wurde hysterisch. Er beruhigte sie, redete beschwichtigend auf sie ein.

»Also gut«, sagte er, »in Ordnung. Ich warte bis zum Morgen. Und um sieben Uhr hören wir dann ja auch selbst die Nachrichten. Aber wenn sich morgens die Flut zurückzieht, werde ich versuchen, zur Farm zu kommen; vielleicht geben sie uns etwas Brot und Kartoffeln und auch Milch ab.«

Im Geiste war er wieder mit allen möglichen Notmaßnahmen beschäftigt. Natürlich hatten sie heute Abend nicht gemolken. Die Kühe würden wartend am Hoftor stehen, während der ganze Haushalt sich hinter Brettern im Haus verschanzt hatte, so wie sie hier in ihrem Häuschen. Das heißt, falls die Triggs überhaupt Zeit für Vorsichtsmaßnahmen gehabt hatten. Er dachte daran, wie der Farmer ihm aus dem Auto zugelächelt hatte. Seine lustige Jagd hatte sicher nicht stattgefunden, nicht heute Abend.

Die Kinder schliefen. Seine Frau saß angekleidet auf ihrer Matratze. Sie beobachtete ihn, ihre Augenlider zuckten nervös.

»Was hast du vor?«, flüsterte sie.

Er schüttelte stumm den Kopf, wollte, dass sie schwieg. Leise und vorsichtig öffnete er die Hintertür und sah hinaus.

Es war stockdunkel. Der Wind blies heftiger denn je, wehte eisig in regelmäßigen Böen vom Meer herein. Nat trat hinaus auf den Eingangspodest. Er war voller Vögel. Überall lagen tote Vögel. Unter den Fenstern, direkt an den Wänden. Das waren die Selbstmörder, die Angreifer, die mit dem gebrochenen Genick. Wohin er auch schaute, sah er tote Vögel. Keine Spur von den lebendigen. Die waren mit dem Gezeitenwechsel hinaus aufs Meer geflogen. Die Möwen würden jetzt auf den Wellen reiten, so wie am Vormittag.

Ganz in der Ferne, dort wo vor zwei Tagen der Traktor auf dem Hügel gestanden hatte, brannte etwas. Eines der abgestürzten Flugzeuge. Das vom Wind angefachte Feuer hatte einen Heuschober in Brand gesetzt.

Nachdenklich betrachtete er die Vogelkadaver und kam auf die Idee, dass sie einen zusätzlichen Schutz gegen den nächsten Angriff böten, wenn er sie übereinander auf den Fensterbänken stapelte. Vielleicht nicht besonders wirksam, aber immerhin etwas. Die lebendigen Vögel müssten die toten mit ihren Krallen zu packen versuchen, auf sie einhacken und sie beiseitezerren, ehe sie Halt auf den Simsen fänden und die Scheiben angreifen könnten. Er machte sich im Dunkeln an die Arbeit. Es war eigenartig; er fasste sie nur höchst ungern an. Die Leichname waren noch warm und blutig, die Federn blutverklebt. Er merkte, wie sich ihm der Magen umdrehte, doch er setzte seine Arbeit fort. Grimmig stellte er fest, dass jede Fensterscheibe zerbrochen war. Nur die Bretter hatten die Vögel daran gehindert, einzubrechen. Er verstopfte die Lücken in den kaputten Fenstern mit den blutigen Vogelkadavern.

Als er fertig war, kehrte er zurück ins Haus. Er verbarrikadierte die Küchentür, sicherte sie doppelt. Er wickelte seine Verbände ab, die vom Vogelblut, nicht seinem eigenen, klebten, und versorgte die Wunden mit frischem Pflaster.

Seine Frau kochte ihm einen Kakao, und er trank ihn gierig. Er war sehr müde.

»So«, sagte er lächelnd, »alles gut, mach dir keine Sorgen. Das stehen wir durch.«

Er legte sich auf seine Matratze und schloss die Augen. Er schlief sofort ein. Er träumte unruhig, weil etwas längst Vergessenes sich durch seine Träume zog. Irgendeine Arbeit, die er hätte erledigen sollen, aber liegenlassen hatte. Irgendeine allgemein bekannte Vorsichtsmaßnahme, die er nicht getroffen hatte, doch im Traum konnte er sie nicht benennen. Sie war auf irgendeine Weise mit dem brennenden Flugzeug und dem Heuschober auf dem Hügel verbunden. Trotzdem schlief er weiter; er wachte nicht auf. Es war seine Frau, die ihn schließlich an der Schulter rüttelte und weckte.

»Sie haben wieder angefangen«, schluchzte sie, »vor einer Stunde. Ich kann ihnen nicht länger alleine zuhören. Außerdem stinkt es, irgendetwas brennt.«

Dann fiel es ihm ein. Er hatte vergessen, das Feuer zu füttern. Es war fast ausgegangen, schwelte aber noch. Er stand rasch auf und zündete die Lampe an. An den Fenstern und Türen hatte das Hämmern eingesetzt, aber das interessierte ihn im Augenblick nicht. Was ihn beunruhigte, war der Geruch nach versengten Federn, der die Küche erfüllte. Nat wusste sofort, was es war. Die Vögel kamen durch den Kamin, bahnten sich ihren Weg bis hinunter zum Küchenherd.

Er legte Papier und Anzündholz auf die glimmende Asche und griff nach der Dose mit dem Paraffinöl.

»Geh zurück«, rief er seiner Frau zu, »wir müssen das Risiko eingehen!«

Er goss das Öl ins Feuer. Die Flamme loderte auf, heulte durchs Ofenrohr, und herunter ins Feuer fielen versengte, geschwärzte tote Vogelkörper.

Die Kinder erwachten und fingen an zu weinen. »Was ist los?«, fragte Jill. »Was ist passiert?«

Nat hatte keine Zeit zu antworten. Er zerrte die Kadaver aus dem Kamin und verteilte sie auf dem Fußboden. Die Flammen loderten noch immer, aber die Gefahr, dass der Kamin Feuer fing, musste er in Kauf nehmen. Die Flammen würden die Vögel von der Schornsteinöffnung fernhalten. Das Problem war der untere Teil des Rauchfangs. Der war verstopft von den schwelenden hilflosen Körpern der Vögel, die vom Feuer erwischt worden waren. Die Attacken gegen Fenster und Türen kümmerten ihn jetzt weniger: Sollten sie doch beim Versuch, gewaltsam in sein Heim einzudringen, mit den Flügeln schlagen, sich die Schnäbel brechen, ihr Leben verlieren. Sie würden nicht hereinkommen. Er dankte Gott, dass sein Häuschen eines der alten war, mit kleinen Fenstern und den starken Wänden. Anders als die neuen Gemeindehäuser. Möge der Himmel den Leuten in den neuen Wohnungen weiter oben an der Straße beistehen.

»Hört auf zu weinen«, rief er den Kindern zu. »Es gibt keinen Grund, Angst zu haben, hört auf zu weinen.«

Das wird sie fertigmachen, sagte er zu sich selbst, der Luftzug zusammen mit den Flammen. Solange der Kamin selbst kein Feuer fängt, sind wir nicht in Gefahr. Ich gehörte wirklich erschossen. Es ist alles meine Schuld. Ich hätte als Letztes das Feuer schüren sollen. Ich wusste doch, dass da etwas war.

Mitten hinein in das ständige Kratzen und Zerren an

den Brettern vor den Fenstern erklang plötzlich das heimelige Schlagen der Küchenuhr. Drei Uhr früh. Etwas mehr als vier Stunden hatten sie noch. Wann genau die Flut ihren Höchststand erreichen würde, wusste er nicht. Er schätzte, gegen halb acht, zwanzig vor acht.

»Zünde den Primuskocher an«, sagte er zu seiner Frau. »Koch uns einen Tee und den Kindern Kakao. Rumsitzen und nichts tun ist nicht gut.«

Darum ging es. Seine Frau und auch die Kinder beschäftigt zu halten. Sich zu bewegen, zu essen, zu trinken.

Er wartete am Herd. Die Flammen erstarben allmählich. Aber es fielen auch keine geschwärzten toten Vögel mehr aus dem Kamin. Er schob den Schürhaken, so tief er konnte, ins Ofenrohr. Nichts. Er war leer. Der Kamin war frei. Er wischte sich den Schweiß von der Stirn.

»Jill«, sagte er, »hol mir noch ein wenig Kleinholz. Dann machen wir gleich ein schönes Feuer.« Aber sie rührte sich nicht vom Fleck, sondern starrte auf den Haufen toter Vogelkörper.

»Kümmere dich nicht um sie«, sagte er, »wenn das Feuer erst einmal richtig brennt, bringe ich sie nach draußen.«

Der Kamin stellte keine Gefahr mehr dar. Solange das Feuer Tag und Nacht brannte, würde dasselbe nicht noch einmal passieren.

Morgen muss ich mir von der Farm noch Brennstoff besorgen, dachte er im Stillen. Unser Vorrat wird nicht reichen. Aber irgendwie kriege ich das hin. Ich erledige all diese Dinge während der Ebbe. Das ist zu schaffen. Nach dem Gezeitenwechsel werde ich alles besorgen, was wir brauchen. Wir müssen uns eben einfach anpassen, das ist alles.

Sie tranken Tee und Kaffee und aßen ein paar Scheiben Brot mit Bovril. Es war nur noch ein halber Laib übrig, stellte Nat fest. Und wenn schon, sie würden zurechtkommen.

»Ihr sollt aufhören«, rief Klein Johnny und zeigte mit seinem Löffel zum Fenster, »hört auf, ihr blöden Vögel.«

»Gut so«, sagte Nat und lächelte, »wir brauchen diese Burschen wirklich nicht. Wir hatten schon genug von denen.«

Sie klatschten jedes Mal, wenn sie den dumpfen Aufprall eines Selbstmördervogels hörten.

»Noch einer, Papa«, rief Jill, »der ist erledigt.«

»Das hat er davon«, sagte Nat, »der ist fertig, das Miststück.«

So kam man damit zurecht. Das war die richtige Einstellung. Wenn sie die beibehielten und in diesem Ton bis sieben Uhr, bis zu den neuesten Nachrichten, weitermachten, hätten sie sich ziemlich gut geschlagen.

»Spendier uns eine Fluppe«, sagte er zu seiner Frau. »Ein bisschen Rauch vertreibt den Gestank nach verbrannten Federn.«

»Es sind nur noch zwei übrig«, antwortete sie. »Ich wollte dir im Co-op neue kaufen.«

»Eine rauche ich jetzt«, sagte er, »die andere spare ich mir auf für schlechte Zeiten.«

Sinnlos, die Kinder zur Ruhe bringen zu wollen. Solange das Klopfen und Kratzen an den Fenstern weiterging, war an Ruhe nicht zu denken. Den einen Arm um Jill gelegt, den anderen um seine Frau, die ihrerseits Johnny auf dem Schoß hielt, saß er inmitten aufgetürmter Decken auf der Matratze.

»Man muss diese Biester bewundern«, sagte er, »sie sind wirklich hartnäckig. Eigentlich würde man ja denken, dass sie das Spiel allmählich leid sind, aber nichts da!«

Doch die Bewunderung hielt nicht lange. Das Klopfen ging unaufhörlich weiter. Plötzlich ertönte ein neues schabendes Geräusch. Es klang, als hätte ein schärferer Schnabel als alle bisherigen die Aufgabe der anderen übernommen. Nat versuchte, sich an Vogelnamen zu erinnern, und überlegte, welche Art wohl für diese spezielle Arbeit geeignet war. Es war nicht das Klopfen eines Spechts. Das wäre heller und erklänge in kürzeren Abständen. Dies hier war bedenklicher, denn das Holz würde, genau wie vorher das Glas, splittern, wenn es so weiterging. Dann fielen ihm die Habichte ein. Konnten die Habichte die Möwen abgelöst haben? Saßen jetzt Bussarde auf den Fensterbänken und benutzten neben ihren Klauen auch noch die Schnäbel? Habichte, Bussarde, Turmfalken – er hatte nicht an die Raubvögel gedacht. Er hatte vergessen, wie kraftvoll die Raubvögel zupacken konnten. Drei Stunden würden sie durchhalten müssen mit dem ständigen Geräusch von splitterndem Holz, von Krallen, die an Holz rissen.

Nat blickte sich um und überlegte, welches Möbelstück er zerlegen könnte, um die Tür zu verstärken. Die Fenster waren durch die Anrichte gesichert. Bei der Tür war er sich nicht so sicher. Er ging nach oben, doch auf halber Treppe blieb er stehen und horchte. Er hörte ein leises Getrippel auf dem Fußboden des Kinderzimmers. Also waren die Vögel durchgebrochen ... Er legte das Ohr an die Tür. Kein Irrtum möglich. Er hörte das Flügelrascheln von Vögeln. Das andere Schlafzimmer war offenbar noch leer. Er ging hinein und begann, die Möbel herauszutragen und sie oben am Treppenabsatz zu stapeln, falls die Tür des Kinderzimmers nachgeben sollte. Es war eine Vorsichtsmaßnahme, die sich vielleicht als unnötig erweisen würde. Er konnte die Möbel nicht direkt vor der Tür aufbauen, weil sie nach innen aufging. Die einzige Möglichkeit war, sie oben auf dem Treppenabsatz übereinanderzustapeln.

»Komm runter, Nat, was machst du da?«, rief seine Frau.

»Sofort«, rief er zurück, »ich sorge hier oben nur für klar Schiff.«

Er wollte nicht, dass sie hochkam. Er wollte nicht, dass sie im Kinderzimmer das Getrippel auf dem Fußboden und die wischenden Flügel an der Tür hörte.

Um halb sechs schlug er vor, zu frühstücken, Speck und geröstetes Brot. Vielleicht würde so die zunehmende Panik aus den Augen seiner Frau verschwinden, und die quengelnden Kinder würden sich beruhigen. Seine Frau wusste offensichtlich nichts von den Vögeln oben. Das Schlafzimmer lag zum Glück nicht über der Küche. Andernfalls hätte sie auf jeden Fall hören müssen, wie die da oben auf den Dielen herumtrippelten. Und auch das dumme, sinnlose Aufprallen der Selbstmördervögel, dieser Tod-für-den-Sieg-Jungs, die in das Schlafzimmer flogen und ihre Köpfe an den Wänden zerschmetterten. Er kannte sie seit Langem, die Silbermöwen. Sie besaßen keinen Verstand. Die Mantelmöwen waren da anders, sie wussten, was sie taten. Ebenso wie die Bussarde, die Habichte ...

Er ertappte sich dabei, dass er auf die Uhr starrte, die Zeiger beobachtete, die so langsam ums Zifferblatt wanderten. Wenn seine Theorie nicht zutraf, wenn die Attacke nicht mit Eintritt der Ebbe endete, dann, das wusste er, waren sie erledigt. Sie würden den langen Tag nicht überstehen können, nicht ohne Luft, ohne Ruhepausen, ohne zusätzlichen Brennstoff, ohne ... sein Verstand raste. Es gab so viele Dinge, die sie brauchen würden, um der Belagerung standzuhalten. Sie waren nicht ausreichend vorbereitet. Sie waren nicht bereit. Vielleicht war es in den Städten am Ende doch sicherer. Wenn es ihm gelang, über das Telefon auf der Farm seinem Cousin, der nur eine kurze Zugreise entfernt im Landesinneren wohnte, eine Nachricht zu schicken, könnten sie womöglich ein Auto mieten. Das ginge schneller – zwischen zwei Hochwasserständen einen Wagen mieten ...

Die Stimme seiner Frau, die seinen Namen rief, vertrieb das plötzliche, verzweifelte Bedürfnis nach Schlaf.

»Was ist los? Was ist jetzt wieder?«, fragte er scharf.

»Das Radio«, erwiderte seine Frau. »Ich habe auf die Uhr gesehen. Es ist fast sieben.«

»Dreh nicht am Knopf«, sagte er, zum ersten Mal ungeduldig, »es ist schon auf das Inlandsprogramm eingestellt. Die Nachrichten kommen vom Landessender.«

Sie warteten. Die Küchenuhr schlug sieben. Aus dem Radio kam kein Ton. Kein Gong, keine Musik. Sie warteten bis Viertel nach und schalteten dann um aufs Unterhaltungsprogramm. Mit demselben Ergebnis. Keine Nachrichten.

»Wir haben uns verhört«, sagte er, »sie senden erst um acht.«

Sie ließen das Radio an, und Nat fragte sich besorgt, wie lange der Akku noch halten würde. Normalerweise lud seine Frau ihn wieder auf, wenn sie zum Einkaufen in die Stadt fuhr. Falls der Akku irgendwann leer war, würden sie keine behördlichen Anweisungen empfangen können.

»Es wird schon hell«, flüsterte seine Frau, »ich kann es nicht sehen, aber ich fühle es. Und die Vögel hämmern auch nicht mehr so laut.«

Sie hatte recht. Die raspelnden, reißenden Geräusche wurden mit jedem Augenblick schwächer. Ebenso wie das Rascheln und Drängeln auf den Treppenstufen und den Fensterbänken. Die Ebbe hatte eingesetzt. Um acht Uhr war gar nichts mehr zu hören. Nur noch der Wind. Eingelullt durch die Stille, schliefen die Kinder wieder ein. Um halb neun schaltete Nat das Radio aus.

»Was machst du da? Wir verpassen die Nachrichten«, sagte seine Frau.

»Es wird keine Nachrichten geben«, erwiderte Nat. »Wir sind auf uns selbst angewiesen.«

Er ging zur Tür und räumte vorsichtig die Barrikaden beiseite. Er zog die Riegel zurück, stieß die Kadaver draußen auf der Treppe mit dem Fuß weg und atmete die kalte Luft ein. Er hatte sechs Arbeitsstunden zur Verfügung, und er wusste, dass er seine Kräfte für die richtigen Dinge aufsparen musste, sie nicht in irgendeiner Weise vergeuden durfte. Nahrungsmittel, Licht und Brennstoff; das waren die notwendigen Dinge. Wenn er die in ausreichender Menge besorgen konnte, würden sie eine weitere Nacht durchstehen.

Er trat in den Garten hinaus, und da entdeckte er die Vögel. Die Möwen schwammen wieder auf den Wellen, genau wie vorher; sie suchten im Meer nach Nahrung und erholten sich bei dem belebenden Schaukeln der Wellen, ehe sie sich zu einer weiteren Attacke aufmachten. Nicht so die Landvögel. Die warteten und beobachteten. Nat sah sie, in den Hecken, auf der Erde, in Scharen auf den Bäumen und draußen auf dem Feld, Reihe um Reihe, alle stumm und reglos.

Er lief bis ans Ende seines kleinen Gartens. Die Vögel rührten sich nicht. Sie ließen ihn nicht aus den Augen.

»Ich muss Lebensmittel besorgen«, sagte Nat zu sich selbst, »ich muss zur Farm und sehen, ob ich etwas zu essen auftreibe.«

Er kehrte zurück ins Haus, überprüfte Fenster und Türen. Er ging nach oben und öffnete die Tür zum Kinderzimmer. Es war leer bis auf die toten Vögel auf dem Fußboden. Er ging wieder nach unten.

»Ich mache mich auf zur Farm«, sagte er.

Seine Frau klammerte sich an ihn. Sie hatte die lebenden Vögel durch die offene Tür gesehen.

»Nimm uns mit«, flehte sie, »wir können hier nicht allein bleiben. Ich würde lieber sterben, als allein hierzubleiben.«

Er dachte darüber nach. Er nickte.

»Also los«, sagte er, »hol Körbe und Johnnys Kinderwagen. Wir können alles da hineinpacken.«

Sie zogen sich warm an gegen den beißenden Wind, trugen Handschuhe und Schals. Seine Frau setzte Johnny in den Kinderwagen. Nat nahm Jill an die Hand.

»Die Vögel«, wimmerte sie, »sie sind alle da draußen auf den Feldern.«

»Die tun uns nichts«, sagte er, »nicht am helllichten Tag.«

Sie brachen auf, überquerten das Feld bis zum Zauntritt. Die Vögel regten sich nicht. Sie warteten ab, hielten die Köpfe in den Wind.

Als sie die Abzweigung zur Farm erreichten, blieb Nat stehen und bat seine Frau, mit den beiden Kindern im Schutz der Hecke zu warten.

»Aber ich möchte Mrs Trigg sehen«, protestierte sie. »Wir können uns eine Menge borgen, wenn sie gestern auf dem Markt waren; nicht nur Brot und ...«

»Warte hier«, unterbrach Nat sie. »Es dauert nicht lange.«

Die Kühe liefen unruhig muhend im Hof umher. Nat entdeckte eine Lücke im Zaun, durch die die Schafe ausgebrochen waren, um jetzt ungehindert im Garten der Farm umherzustreunen. Aus den Schornsteinen stieg kein Rauch. Böse Vorahnungen ergriffen ihn. Er wollte nicht, dass seine Frau und seine Kinder die Farm betraten.

»Sei jetzt nicht störrisch«, sagte Nat barsch, »tu, was ich dir sage.«

Sie zog sich mit Jill und Johnny und dem Kinderwagen in den Windschatten der Hecke zurück.

Er lief allein weiter zur Farm. Er drängte sich durch die brüllende Kuhherde, die rastlos hin und her lief, gequält von den vollen Eutern. Er sah das Auto am Hoftor stehen. Es war nicht in die Garage gefahren worden. Die Fenster der Farm waren zerschmettert. Im Hof und direkt vorm Haus lagen viele tote Möwen. Die lebenden Vögel hockten in dem Wäldchen hinter der Farm und auf dem Dach des Hauses. Sie verhielten sich sehr still. Sie beobachteten ihn.

Jim lag im Hof ... das, was von ihm übrig war. Nachdem die Vögel ihn erledigt hatten, waren die Kühe über ihn hinweg getrampelt. Sein Gewehr lag neben ihm. Die Haustür war geschlossen und verriegelt, doch da die Fenster zerbrochen waren, ließen sie sich leicht anheben, und er kletterte ins Haus. Triggs Leiche lag beim Telefon. Er musste noch versucht haben, die Vermittlung zu erreichen, als die Vögel sich auf ihn stürzten. Der Hörer hing lose herunter, der Apparat war aus der Wand gerissen. Keine Spur von Mrs Trigg. Sie würde oben sein. Hatte es irgendeinen Sinn, nach oben zu gehen? Nat wurde ganz elend zumute, er wusste, was er finden würde.

Gott sei Dank, dachte er bei sich, hatten sie keine Kinder.

Er zwang sich, die Treppe hinaufzusteigen, aber auf halber Höhe machte er kehrt und ging wieder hinunter. Er konnte ihre Beine sehen, die aus der offenen Schlafzimmertür ragten. Neben ihr lagen Kadaver von Silbermöwen und ein kaputter Regenschirm.

Es hat keinen Sinn, irgendetwas zu unternehmen, dachte Nat. Ich habe nur fünf Stunden, sogar weniger. Die Triggs würden es verstehen. Ich muss einsammeln, was ich auftreiben kann.

Er trottete zurück zu seiner Frau und den Kindern.

»Ich werde das Auto mit den Sachen beladen«, sagte er. »Ich nehme auch Kohlen mit und Paraffinöl für den Primuskocher. Wir fahren alles nach Hause und holen dann eine weitere Ladung.«

»Was ist denn mit den Triggs?«, fragte seine Frau.

»Sie sind wohl zu Freunden gegangen«, erwiderte er.

»Soll ich mitkommen und dir helfen?«

»Nein, da drinnen herrscht Chaos. Überall Kühe und Schafe. Warte hier, ich hole das Auto. Dann kannst du dich reinsetzen.«

Ungeschickt fuhr er das Auto rückwärts vom Hof auf

den Weg. Von dort würden seine Frau und die Kinder Jims Leiche nicht sehen können.

»Bleib hier«, sagte er, »kümmere dich nicht um den Kinderwagen. Den hole ich später. Jetzt belade ich erst einmal das Auto.«

Sie sah ihm in die Augen. Er glaubte, dass sie begriffen hatte, denn sonst hätte sie angeboten, ihm bei der Suche nach Brot und anderen Lebensmitteln zu helfen.

Sie machten insgesamt drei Fuhren, immer hin und zurück zwischen ihrem Cottage und der Farm, bis er das beruhigende Gefühl hatte, alles was sie brauchten, hätten sie jetzt. Es war erstaunlich, wie viele Dinge sie benötigten, nachdem er erst einmal angefangen hatte, darüber nachzudenken. Fast das Allerwichtigste waren Bretter für die Fenster. Er musste überall nach Bauholz suchen, denn er plante, sämtliche Bretter an den Fenstern seines Hauses zu erneuern. Kerzen, Paraffinöl, Nägel, Konservendosen; die Liste war endlos. Darüber hinaus molk er auch noch drei der Kühe. Die restlichen armen Viecher würden weiterbrüllen müssen.

Während der letzten Fuhre hielt er an der Bushaltestelle, stieg aus und ging zur Telefonzelle. Er versuchte einige Minuten lang eine Verbindung zu bekommen, vergeblich, das Telefon war tot. Er kletterte die Böschung hinauf und ließ den Blick über die Landschaft schweifen. Nirgendwo entdeckte er ein Zeichen von Leben. Auf den Feldern war nichts zu sehen außer wartenden, beobachtenden Vögeln. Einige schliefen – er sah, dass ihre Schnäbel in den Federn vergraben waren.

Man würde doch glauben, sie fräßen jetzt, dachte er bei sich, und lungerten nicht einfach so herum.

Dann fiel es ihm ein. Sie waren satt. Sie hatten sich in der Nacht mehr als vollgefressen. Deshalb rührten sie sich an diesem Morgen nicht ...

Aus den Schornsteinen der Gemeindehäuser kam kein Rauch. Er musste an die Kinder denken, die am vergangenen Abend über die Felder gerannt waren.

Ich hätte es wissen müssen, dachte er, ich hätte sie mit mir nach Hause nehmen sollen.

Er hob den Kopf und blickte zum Himmel. Er war farblos und grau. Der Ostwind schien die kahlen Bäume in der Landschaft gekrümmt und geschwärzt zu haben. Doch den Vögeln, die in den Feldern warteten, konnte die Kälte offenbar nichts anhaben.

Jetzt könnte man sie gut erwischen, sagte Nat sich, jetzt sind sie ein leichtes Ziel. Wahrscheinlich überall im ganzen Land. Warum steigen unsere Flugzeuge nicht auf und besprühen sie mit Senfgas? Was machen unsere Jungs bloß? Sie müssen doch Bescheid wissen, sie sehen es doch auch.

Er ging zum Wagen zurück und setzte sich auf den Fahrersitz.

»Fahr rasch an dem nächsten Tor da vorne vorbei«, flüsterte seine Frau. »Dort liegt der Briefträger. Ich will nicht, dass Jill ihn sieht.«

Er beschleunigte. Der kleine Morris holperte und ratterte den Weg entlang. Die Kinder kreischten vor Vergnügen.

»Rauf-und-runter, rauf-und-runter«, rief Klein Johnny.

Es war Viertel vor eins, als sie endlich ihr Häuschen erreichten. Nur noch eine Stunde.

»Ich esse lieber was Kaltes«, sagte Nat. »Wärm etwas für dich und die Kinder auf, ein bisschen von der Suppe.

Ich habe jetzt keine Zeit zu essen. Ich muss das ganze Zeug ausladen.«

Er schaffte alles ins Haus. Sortieren würde er später. Dann hatte er etwas zu tun in den langen Stunden, die vor ihnen lagen. Erst einmal musste er sich um die Fenster und Türen kümmern.

Er wanderte durchs Haus, prüfte systematisch jedes Fenster, jede Tür. Er kletterte auch aufs Dach und dichtete alle Schornsteine mit Brettern ab, nur den für die Küche nicht. Die Kälte war kaum zu ertragen, aber er musste die Sache zu Ende bringen. Zwischendurch blickte er immer wieder hoch und suchte den Himmel nach Flugzeugen ab. Nichts zu sehen. Während der Arbeit fluchte er und schimpfte auf die unfähigen Behörden.

»Es ist immer dasselbe«, murmelte er, »sie lassen uns immer im Stich. Ein einziges Chaos, von Anfang an. Kein Plan, keine richtige Organisation. Und wir hier am Ende der Welt zählen nicht. So sieht es aus. Die Menschen im Inland kommen zuerst. Bestimmt setzen sie dort sämtliche Flugzeuge ein und sprühen Gas. Und wir hier unten müssen zusehen, wie wir zurechtkommen.«

Er unterbrach seine Arbeit, nachdem er mit dem Schlafzimmerkamin fertig war, und sah hinaus aufs Meer. Irgendetwas da draußen bewegte sich. Etwas Grau-Weißes zwischen den Wellen.

»Die gute alte Marine«, sagte er laut vor sich hin, »sie lässt uns nie im Stich. Sie kommen über den Ärmelkanal, sie fahren in die Bucht.«

Er wartete, starrte angestrengt, mit vom Wind tränenden Augen aufs Meer. Doch er hatte sich getäuscht. Es waren keine Schiffe. Das war nicht die Marine. Aus dem Wasser flogen die Möwen auf. Und auch auf den Feldern formierten sich die Scharen, stiegen mit zerzaustem Gefieder empor und schwangen sich in gewaltigen Schwärmen, Flügel an Flügel, hinauf in den Himmel.

Die Flut war zurückgekehrt.

Nat kletterte die Leiter hinunter und ging in die Küche. Die Familie saß beim Essen. Es war kurz nach zwei. Er verriegelte die Tür, errichtete die Barrikade und zündete die Lampe an.

»Jetzt ist Nacht«, sagte Klein Johnny.

Seine Frau hatte das Radio wieder eingeschaltet, aber kein Ton war zu hören.

»Ich bin die ganze Skala entlanggegangen«, sagte sie, »ausländische Stationen und alles. Ich kriege nichts rein.«

»Vielleicht haben sie die gleichen Probleme«, sagte er, »vielleicht ist es in ganz Europa so.«

Sie füllte ihm einen Teller mit der Suppe der Triggs, schnitt ihm eine große Scheibe vom Brot der Triggs ab und bestrich sie mit deren Schmalz.

Schweigend aßen sie. Klein Johnny lief etwas Schmalz übers Kinn und tropfte auf den Tisch.

»Benimm dich, Johnny«, sagte Jill, »du musst lernen, dir den Mund abzuwischen.«

Das Klopfen gegen die Fenster, gegen die Tür setzte wieder ein. Das Rascheln, das Rempeln und Drängeln um Plätze auf den Fensterbänken. Ein erster dumpfer Fall einer Selbstmördermöwe auf der Außentreppe.

»Unternimmt Amerika denn gar nichts?«, sagte seine Frau. »Die sind doch seit jeher unsere Verbündeten, oder? Amerika unternimmt doch bestimmt was.«

Nat antwortete nicht. Die Bretter vor den Fenstern waren stark und stabil und die auf den Schornsteinen auch. Ihr kleines Haus war gut mit Vorräten ausgerüstet, mit Brennstoff, mit allem, was sie in den nächsten paar Tagen brauchten. Nach dem Essen würde er die Sachen wegräumen, alles ordentlich lagern, übersichtlich und griffbereit. Seine Frau konnte ihm helfen und die Kinder ebenfalls. Bis Viertel vor neun, wenn die Ebbe einsetzte, würden sie sich müde gearbeitet haben. Dann würde er sie auf ihre Matratzen packen und dafür sorgen, dass sie tief und fest bis drei Uhr morgens schliefen.

Er hatte eine neue Idee für die Fenster. Er würde vor den Brettern Stacheldraht anbringen. Er hatte eine dicke Rolle von der Farm mitgebracht. Lästig war, dass er diese Arbeit im Dunkeln würde verrichten müssen, in der Ruhepause zwischen neun und drei. Pech, dass er nicht früher daran gedacht hatte. Hauptsache, seine Frau und die Kinder schliefen, das war das Wichtigste.

Jetzt waren die kleineren Vögel am Fenster zugange. Er erkannte das helle Ticken ihrer Schnäbel und das leise Wischen ihrer Flügel. Die Habichte interessierten sich nicht für die Fenster. Sie konzentrierten ihre Angriffe auf die Tür. Nat nahm das reißende Geräusch splitternden Holzes wahr und fragte sich, wie viele Millionen Jahre an Erfahrungen in diesen kleinen Gehirnen hinter den zustoßenden Schnäbeln, den durchdringenden Augen gespeichert waren, die nun in ihnen das instinktive Bedürfnis auslösten, die Menschheit mit der kundigen Präzision von Maschinen zu zerstören.

»Ich rauche jetzt die letzte Kippe«, sagte er zu seiner Frau. »Wie dumm von mir. Das war das Einzige, was ich vergessen habe, von der Farm mitzunehmen.«

Er nahm die Zigarette und schaltete das stumme Radio ein. Dann warf er das leere Päckchen ins Feuer und sah zu, wie es verbrannte.

WENN DIE GONDELN TRAUER TRAGEN

»Sieh jetzt nicht hin«, sagte John zu seiner Frau, »aber zwei Tische weiter sitzen zwei alte Mädels, die mich zu hypnotisieren versuchen.«

Laura gähnte auf einmal ausführlich und hob dann den Kopf, als suche sie den Himmel nach einem Flugzeug ab.

»Direkt hinter dir«, erläuterte er. »Deswegen darfst du dich auch nicht sofort umdrehen – es wäre viel zu auffällig.«

Laura benutzte den ältesten Trick der Welt und ließ ihre Serviette fallen, beugte sich hinunter, um zwischen ihren Füßen danach zu angeln, und warf, während sie sich wieder aufrichtete, einen kurzen Blick über ihre linke Schulter. Sie sog die Wangen ein, ein erstes verräterisches Anzeichen unterdrückter Hysterie, und senkte den Kopf.

»Das sind auf keinen Fall alte Mädchen«, sagte sie. »Es sind männliche Zwillinge in Frauenkleidern.«

Ihr brach auf verdächtige Weise die Stimme, Vorspiel für einen unkontrollierten Lachanfall. John füllte ihr rasch wieder Chianti nach.

»Tu so, als hättest du dich verschluckt«, sagte er, »dann merken sie nichts. Du weißt ja, worum es sich handelt – um Kriminelle auf Europatour, die auf jeder Zwischenstation ihr Geschlecht ändern. Zwillingsschwestern hier auf Torcello. Zwillingsbrüder morgen in Venedig oder vielleicht sogar schon heute Abend, wenn sie Arm in Arm über die Piazza San Marco promenieren. Nur eine Frage des schnellen Wechsels von Kleidern und Perücken.«

»Juwelendiebe oder Mörder?«, fragte Laura.

»Oh, auf jeden Fall Mörder. Aber ich wüsste gern, wieso sie es ausgerechnet auf mich abgesehen haben.«

Der Kellner unterbrach ihre Unterhaltung, als er den Kaffee brachte und das Obst abtrug. Das gab der aufgekratzten Laura die Möglichkeit, sich zu beruhigen und wieder unter Kontrolle zu bekommen.

»Ich verstehe nicht«, sagte sie, »wieso wir sie bei unserer Ankunft nicht bemerkt haben. Sie fallen einem doch sofort ins Auge. Man kann sie eigentlich gar nicht übersehen.«

»Diese Bande von Amerikanern war ein guter Schutz«, meinte John, »auch der bärtige Mann mit dem Monokel, der wie ein Spion aussah. Erst jetzt, wo sie alle gegangen sind, habe ich die Zwillinge überhaupt entdeckt. O Gott, die mit dem weißen Haarschopf hat mich schon wieder im Visier.«

Laura holte das Puderdöschen aus ihrer Handtasche, hielt es sich vors Gesicht, um den Spiegel im aufgeklappten Deckel zu benutzen.

»Ich glaube, sie schauen mich an, nicht dich«, sagte sie. »Gott sei Dank habe ich meine Perlen dem Hoteldirektor anvertraut.« Sie hielt inne und puderte ihre Nasenflügel. »Es ist allerdings so«, fuhr sie nach kurzem Schweigen fort, »dass wir uns getäuscht haben. Sie sind weder Mörder noch Diebe, sondern zwei rührende pensionierte alte Lehrerinnen, die ihr Leben lang auf einen Urlaub in Venedig gespart haben. Sie kommen aus Australien, aus einem Ort mit einem Namen wie Walabanga. Und sie heißen Tilly und Tiny.«

Zum ersten Mal seit Beginn ihrer Reise hatte ihre Stimme wieder dieses Übersprudelnde, das er so liebte, und die sorgenvolle Falte zwischen ihren Augenbrauen war verschwunden. Endlich, dachte er, endlich kommt sie langsam darüber hinweg. Wenn es mir gelingt, so weiterzumachen, wenn wir wieder, so wie früher zu Hause oder auf Reisen, in alter Vertrautheit miteinander spinnen, uns komische Sachen ausdenken können, über die Leute an anderen Tischen, im Hotel, in Kunstgalerien oder Kirchen, dann wird alles gut, und das Leben wird wieder wie früher sein, die Wunde wird heilen, Laura wird vergessen.

»Weißt du was?«, sagte seine Frau, »das Essen war wirklich sehr gut. Ich habe es richtig genossen.«

Gott sei Dank, dachte er, Gott sei Dank ... Dann beugte er sich vor, senkte die Stimme und flüsterte verschwörerisch: »Eine der beiden geht gerade zum Klo. Glaubst du, er oder sie tauscht die Perücke aus?«

»Sag nichts«, erwiderte Laura leise. »Ich folge ihr und finde es heraus. Vielleicht hat sie dort ja einen Koffer versteckt und zieht sich um.«

Sie begann, still vor sich hin zu summen, für ihren Mann ein Zeichen, dass sie sich wohlfühlte. Das Gespenst war vorübergehend gebannt, und das allein aufgrund eines schönen, bewährten Ferienzeitvertreibs, der zu lange in Vergessenheit geraten und jetzt nur wegen eines glücklichen Zufalls wieder aufgenommen worden war.

»Ist sie schon aufgestanden?«, fragte Laura.

»Kommt gleich an unserem Tisch vorbei«, erwiderte er.

So allein, ohne ihre Begleitung, wirkte die Frau nicht besonders auffällig. Groß und eckig, mit prägnantem Gesicht und kurz geschnittenem Haar, das seiner Erinnerung nach einst Eton-Schnitt hieß und in der Jugendzeit seiner Mutter Mode gewesen war, hatte sie insgesamt etwas von jener Generation. Sie mochte Mitte sechzig sein, vermutete er, trug ein Männerhemd mit Kragen und Krawatte, ein Sportjackett und einen grauen Tweedrock, der bis zur Mitte der Waden reichte. Dazu graue Strümpfe und schwarze Schnürschuhe. Er kannte diesen Typ von Golfplätzen und Hundeschauen – unweigerlich von Möpsen, niemals Jagdhunden begleitet –, und wenn man ihnen irgendwo auf einer Party begegnete, waren sie schneller mit dem Feuerzeug bei der Hand als er selbst, bloß ein Mann, mit seinen Streichhölzern. Die verbreitete Meinung, sie lebten mit einer feminineren, weicheren Partnerin zusammen, traf allerdings nicht immer zu. Häufig hatten sie einen Golf spielenden Ehemann und vergötterten ihn. Nein, das Erstaunliche an diesem speziellen Individuum hier war, dass es zwei davon gab. Eineiige Zwillinge, aus ein und demselben Guss. Der einzige Unterschied bestand darin, dass die andere weißere Haare hatte.

»Angenommen, ich stehe in der *toilette* neben ihr«, flüsterte Laura, »und sie fängt plötzlich an, sich auszuziehen?«

»Hängt davon ab, was zum Vorschein kommt«, erwiderte John. »Wenn sie ein Hermaphrodit ist, dann nichts wie weg. Sie könnte eine Spritze versteckt haben und dich außer Gefecht setzen, noch ehe du an der Tür bist.«

Laura sog erneut die Wangen ein und begann zu zittern. Dann reckte sie die Schultern und erhob sich. »Ich darf nicht lachen«, sagte sie, »und egal was du tust, sieh mich nicht an, wenn ich zurückkomme, erst recht nicht, wenn wir gemeinsam aus der Tür treten.« Entschlossen griff sie nach ihrer Handtasche und entfernte sich vom Tisch, ihrer Beute dicht auf den Fersen.

John goss den Rest Chianti in sein Glas und zündete

sich eine Zigarette an. Die Sonne brannte auf den kleinen Garten des Restaurants herunter. Die Amerikaner waren verschwunden ebenso wie der Monokel-Mann und die Familie ganz hinten am anderen Ende. Es herrschte nichts als Frieden. Die eineiige Zwillingsfrau hatte sich mit geschlossenen Augen in ihrem Stuhl zurückgelehnt. Dem Himmel sei jedenfalls Dank, dachte er, für diesen Moment der Entspannung, während Laura ihrem albernen, harmlosen Spiel nachging. Der Urlaub würde nun doch noch zu der heilsamen Kur werden, die sie nötig hatte, und, sei es auch nur vorübergehend, die stumme Verzweiflung besiegen, unter der sie seit dem Tod ihres Kindes litt.

»Sie wird darüber hinwegkommen«, hatte der Arzt gesagt. »Alle kommen darüber hinweg. Und Sie haben den Jungen.«

»Ich weiß«, hatte John erwidert, »aber das Mädchen war ihr Ein und Alles. Das war immer so, von Anfang an. Ich weiß nicht, warum. Wahrscheinlich war es der Altersunterschied. Ein Junge im Schulalter, und noch dazu ein so robuster, ist schon eine eigenständige Person. Anders als ein fünfjähriges Baby. Laura hat sie buchstäblich angebetet. Johnnie und ich waren wie nicht vorhanden.«

»Lassen Sie ihr Zeit«, hatte der Arzt wiederholt, »lassen Sie ihr Zeit. Und außerdem sind Sie beide noch jung. Sie werden weitere Kinder haben. Eine weitere Tochter.«

Das sagt sich so leicht ... Wie soll man das Leben eines geliebten verlorenen Kinds durch einen Traum ersetzen? Da kannte er Laura viel zu gut. Ein weiteres Kind, eine weitere Tochter, würde eigene Qualitäten besitzen, einen eigenen Charakter, könnte sogar, gerade deswegen, Feindseligkeit wecken. Wäre ein Eindringling in der Wiege, in dem Kinderbett, das Christine gehört hatte. Eine pummelige, flachsblonde Kopie von Johnnie, nicht die kleine wächserne, dunkelhaarige Elfe, die gestorben war.

Er blickte über den Rand seines Weinglases. Die Frau starrte ihn schon wieder an. Es war nicht der zufällige, beiläufige Blick einer Person am Nebentisch, die auf die Rückkehr ihrer Begleitung wartete, sondern etwas Tiefergehendes, Intensiveres. Vorstehende hellblaue Augen, die merkwürdig durchdringend blickten und ihm plötzlich ein unbehagliches Gefühl verursachten. Verdammte Frau! Also gut, verflixt noch mal, dann starr eben. Ich kann den Spieß auch umdrehen. Er blies eine Rauchwolke in die Luft und lächelte sie, wie er hoffte, offensiv an. Sie reagierte nicht. Die blauen Augen fixierten ihn unentwegt, so dass er sich gezwungen sah, den Blick abzuwenden, seine Zigarette auszudrücken, sich nach dem Kellner umzuschauen und um die Rechnung zu bitten. Während er sie beglich, mit dem Wechselgeld beschäftigt war und nebenbei ein paar Bemerkungen über das hervorragende Essen fallen ließ, gewann er seine Fassung zurück, doch seine Kopfhaut prickelte, und das komische Unbehagen blieb. Aber dann war beides verschwunden, ebenso abrupt, wie es gekommen war, und als er einen verstohlenen Blick zum anderen Tisch warf, sah er, dass ihre Augen wieder geschlossen waren, sie schlief oder döste, genau wie vorher. Der Kellner verschwand. Nichts regte sich.

Laura braucht wirklich verdammt lange, dachte er mit einem Blick auf seine Uhr. Schon mindestens zehn Minuten. Wenigstens etwas, womit er sie würde aufziehen können. Er begann sich eine entsprechende komische Geschichte auszudenken. Wie die alte Schachtel sich bis auf die Unterwäsche ausgezogen und Laura vorgeschlagen hatte, das Gleiche zu tun. Wie dann der Chef des Restaurants hereinplatzte, ihnen voller Entsetzen vorwarf, das werde den Ruf des Restaurants beschädigen, und unerfreuliche Konsequenzen andeutete, falls sie nicht ... Bis sich das Ganze schließlich als Falle herausstellte, als ein Erpressungsversuch. Laura, er selbst und die Zwillinge würden in einem Polizeiboot nach Venedig zurückgebracht und dort vernommen werden. Fünfzehn Minuten ... Also wirklich, wird's bald ...

Da knirschten Schritte im Kies. Lauras Zwilling ging langsam an ihm vorbei, allein. Sie trat an ihren Tisch und blieb dort einen Moment stehen, postierte ihre hohe, eckige Gestalt genau zwischen John und ihrer Schwester. Sie sagte etwas, doch er konnte die Worte nicht verstehen. Was war das für ein Akzent – schottisch? Sie beugte sich herab, reichte dem sitzenden Zwilling ihren Arm, und beide entfernten sich. Sie schritten durch den Garten bis zu der Lücke in der kleine Hecke am anderen Ende, wobei die Zwillingsfrau, die John angestarrt hatte, sich auf den Arm ihrer Schwester stützte. Und da war er wieder, der Unterschied. Sie war nicht ganz so groß und stärker gebeugt – vielleicht hatte sie Arthritis. Endlich waren die beiden nicht mehr zu sehen, und John, der allmählich ungeduldig wurde, stand auf und wollte gerade ins Hotel hineingehen, als Laura auftauchte.

»Ich muss schon sagen, du hast sehr lange gebraucht«, begann er, hielt aber inne, als er ihr Gesicht sah.

»Was ist los, was ist passiert?«, fragte er.

Er wusste sofort, dass irgendetwas nicht stimmte. Fast

als stünde sie unter Schock. Sie stolperte zu ihrem Tisch, den er gerade verlassen hatte, und nahm Platz. Er zog sich einen Stuhl heran, setzte sich neben sie und griff nach ihrer Hand.

»Liebes, was ist? Erzähl mir – bist du krank?«

Sie schüttelte den Kopf, drehte sich zu ihm und blickte ihn an. Ihr benommener Ausdruck, der ihn anfangs erschreckt hatte, war einer wachsenden Zuversicht, fast Begeisterung gewichen.

»Es ist einfach wunderbar«, sagte sie langsam, »das Wunderbarste, was überhaupt passieren kann. Sie ist nicht tot, sie ist immer noch bei uns. Deshalb haben sie uns so angestarrt, die beiden Schwestern. Sie konnten Christine sehen.«

O Gott, dachte er. Genau so etwas habe ich befürchtet. Sie verliert langsam den Verstand. Was mache ich jetzt? Wie gehe ich damit um?

»Laura, Süße«, begann er und zwang sich zu einem Lächeln, »wie wäre es, wenn wir aufbrechen? Ich habe schon bezahlt. Wir können uns die Kathedrale anschauen und ein bisschen herumbummeln, bis es Zeit ist, mit dem Boot wieder nach Venedig zu fahren.«

Sie hörte gar nicht zu, zumindest drangen seine Worte nicht zu ihr durch.

»John, Lieber«, sagte sie, »ich muss dir unbedingt erzählen, was passiert ist. Ich bin ihr in die *toilette* gefolgt, wie wir geplant hatten. Sie kämmte sich gerade die Haare, und ich ging in eine Kabine, kam wieder heraus und wusch mir die Hände. Und sie wusch ihre Hände in dem Becken daneben. Plötzlich drehte sie sich zu mir um und sagte mit einem starken schottischen Akzent: ›Seien Sie nicht mehr unglücklich. Meine Schwester hat Ihr kleines Mädchen gesehen. Sie saß zwischen Ihnen und Ihrem Mann und lachte.‹ Ich dachte, ich falle in Ohnmacht. Und beinah wäre es auch wirklich passiert. Zum Glück gab es einen Stuhl, ich konnte mich setzen, und die Frau beugte sich über mich und tätschelte mir den Kopf. Ich kann nicht alles wörtlich wiederholen, aber sie sagte etwas von einem Moment der Wahrheit und der Freude, der so scharf wie ein Schwert sei, ich müsse aber keine Angst haben, alles sei gut, doch die Vision ihrer Schwester sei so intensiv gewesen, dass sie gewusst hätten, sie müssten davon erzählen, Christine habe es so gewollt. O John, mach nicht solch ein Gesicht. Ich schwöre dir, ich habe mir das nicht ausgedacht, sie hat es mir so gesagt, es ist alles wahr.«

Ihm sank das Herz angesichts der verzweifelten Dringlichkeit in ihrer Stimme. Er würde so tun müssen, als ginge er auf sie ein, würde sie besänftigen, sich irgendetwas einfallen lassen müssen, dass sie wieder ruhig wurde.

»Laura, Liebes, natürlich glaube ich dir«, sagte er, »es ist nur ein ziemlicher Schock, und ich bin durcheinander, weil du durcheinander bist ...«

»Ich bin nicht durcheinander«, unterbrach sie ihn. »Ich bin glücklich, so glücklich, dass ich meine Gefühle nicht in Worte fassen kann. Du weißt doch, wie es all die Wochen war, zu Hause und überall, wo wir im Urlaub Halt gemacht haben, auch wenn ich versucht habe, es vor dir zu verbergen. Jetzt ist es damit vorbei, weil ich weiß, einfach weiß, dass die Frau recht hatte. O Gott, wie schrecklich von mir, aber ich habe ihren Namen vergessen – sie hat ihn mir genannt. Sie ist eine pensionierte Ärztin; sie kommen aus Edinburgh, und die, die Christine gesehen hat, ist vor einigen Jahren erblindet. Sie hat sich zwar ihr Leben lang mit dem Okkulten beschäftigt und ein starkes Gespür für Übersinnliches, aber erst seit ihrer Erblindung sieht sie Dinge wirklich so wie ein Medium. Sie haben schon die wundersamsten Erfahrungen gemacht. Aber die Beschreibung, die die Blinde ihrer Schwester gegeben hat, bis hin zu dem kleinen blauweißen Kleid mit den Puffärmeln, das Christine auf ihrer Geburtstagsfeier trug, und dass sie gesagt hat, sie habe fröhlich gelächelt ... O Liebster, das hat mich so glücklich gemacht, dass ich glaube, ich muss gleich weinen.«

Keine Hysterie. Nichts Übergeschnapptes. Sie nahm ein Tüchlein aus ihrer Handtasche, lächelte ihn an und putzte sich die Nase. »Du siehst, mir geht es gut, du musst dir keine Sorgen machen. Keiner von uns muss sich jemals wieder Sorgen machen. Gib mir eine Zigarette.«

Er zog eine aus seinem Päckchen und zündete sie für sie an. Sie klang normal, so wie früher. Sie zitterte nicht. Und wenn diese unvermittelte neue Gewissheit sie glücklich machte, konnte er unmöglich etwas dagegen haben. Aber ... aber ... er wünschte sich trotzdem, es wäre nicht passiert. Gedankenlesen, Telepathie, all das hatte irgendwie etwas Unheimliches. Wissenschaftler konnten keine Beweise dafür liefern, niemand konnte das, und doch war es das, was sich offenbar gerade zwischen Laura und den Schwestern abgespielt hatte. Dann war die Frau, die ihn angestarrt hatte, also blind. Das erklärte ihren starren Blick. Der an sich schon irgendwie unangenehm war, unheimlich. Verdammt noch mal, dachte er, wären wir bloß nicht zum Mittagessen hier eingekehrt. Der reine Zufall, wie der Wurf einer Münze: Entweder die Insel Torcello oder eine Fahrt nach Padua, und wir haben uns für Torcello entschieden.

»Du hast kein erneutes Treffen oder sonst irgendetwas mit ihnen verabredet, oder?«, fragte er und versuchte, beiläufig zu klingen.

»Nein, Lieber, warum sollte ich?«, erwiderte Laura. »Sie hätten mir doch nicht mehr erzählen können. Die Schwester hatte ihre wunderbare Vision, und das war's. Außerdem wollen sie weiter. Komischerweise ist es tatsächlich fast wie in der Geschichte, die wir uns ausgedacht hatten. Sie machen wirklich eine Weltreise, bevor sie nach Schottland zurückkehren. Nur dass ich von Australien gesprochen hatte. Was für zwei alte Herzchen ... Alles andere als Mörderinnen oder Juwelendiebinnen.«

Sie hatte sich sichtlich erholt. Jetzt stand sie auf und blickte sich um. »Los, komm«, sagte sie. »Wo wir schon mal in Torcello sind, sollten wir auch die Kathedrale besichtigen.«

Sie verließen das Restaurant und überquerten auf dem Weg zur Kathedrale die offene Piazza, wo zahlreiche Stände Halstücher, Modeschmuck und Postkarten anboten. Eine Fähre hatte gerade eine Gruppe Touristen abgesetzt, von denen viele schon den Weg ins Innere von Santa Maria Assunta gefunden hatten. Unternehmungslustig bat Laura ihren Mann um den Reiseführer und begann, ganz wie in glücklicheren Tagen, langsam durch die Kathedrale zu schlendern und, von links nach rechts, Mosaiken, Säulen und Bildtafeln zu studieren, während John, der, in Sorge wegen der Geschehnisse im Restaurant, weniger Interesse zeigte, ihr in dichtem Abstand folgte und gleichzeitig aufpasste, ob womöglich die Zwillingsschwestern wieder auftauchten. Es war nichts von ihnen zu sehen. Vielleicht besichtigten sie die nahe gelegene Kirche Santa Fosca. Eine plötzliche Begegnung könnte peinlich sein, ganz unabhängig von der möglichen Wirkung auf Laura. Das Gedränge all der kulturbegeisterten Touristen schien ihr jedoch nichts anzuhaben, auch wenn es seiner Meinung nach eine echte Kunstbetrachtung unmöglich machte. Er konnte sich nicht konzentrieren, die kühle, reine Schönheit dessen, was er sah, ließ ihn unberührt, und als Laura an seinen Ärmel tippte und auf das Mosaik der Jungfrau mit dem Kind zeigte, die über dem Apostelfries thronte, nickte er freundlich, ohne etwas wahrzunehmen – das lange, traurige Gesicht der Jungfrau schien unendlich entrückt –, und drehte sich, einer plötzlichen Eingebung folgend, um und ließ den Blick über die Köpfe der Touristen hinweg nach hinten zur Tür wandern, über der sich auf Fresken die Seligen und die Verdammten dem Jüngsten Gericht überantworteten.

Dort standen die Zwillinge. Die Blinde hielt sich wieder am Arm ihrer Schwester fest, und ihre blicklosen Augen fixierten ihn. Er fühlte sich wie festgenagelt, unfähig, sich zu bewegen, und ihn überkam die Ahnung eines drohenden Verhängnisses, einer Tragödie. Seine gesamte Lebensenergie, sein Ich erschlaffte, verfiel gewissermaßen in Apathie, und er dachte: Dies ist das Ende, es gibt keinen Ausweg, keine Zukunft. Plötzlich machten beide Schwestern kehrt, verließen die Kathedrale, und die Empfindung verschwand, wich einem Gefühl von Empörung und wachsendem Zorn. Was erdreisteten die beiden alten Närrinnen sich, ihn mit ihren parapsychologischen Tricks zu behelligen? Das war arglistig, ungesund; wahrscheinlich sah so ihr Leben aus, sie reisten um die Welt und brachten alle, denen sie begegneten, in eine unangenehme Situation. Hätte es den Hauch einer Chance gegeben, dann hätten sie Laura sicherlich auch Geld abgeluchst – und wer weiß was sonst noch.

Er merkte, dass sie wieder an seinem Ärmel zupfte. »Ist sie nicht wunderschön? So glücklich, so heiter.«

»Wer? Was?«, fragte er.

»Die Madonna«, antwortete sie. »Sie besitzt magische Fähigkeiten. Sie geht einem durch und durch. Spürst du es nicht auch?«

»Wahrscheinlich. Ich weiß es nicht. Hier sind zu viele Leute um mich herum.«

Sie blickte ihn erstaunt an. »Was hat das denn damit zu tun? Du bist wirklich komisch. Na gut, komm, wir gehen. Ich möchte ohnehin noch Postkarten kaufen.«

Mit Enttäuschung registrierte sie sein Desinteresse und bahnte sich ihren Weg durch die Touristengruppen zur Tür.

»Los, komm«, sagte er abrupt, sobald sie draußen waren, »es ist noch Zeit genug für Postkarten, lass uns ein bisschen auf Erkundungstour gehen«, und er nahm nicht den direkten Weg zurück ins Zentrum mit seinen kleinen Häusern, den Verkaufsständen und der flanierenden Menschenmenge, sondern bog ab in einen schmalen Pfad durch Brachgelände, hinter dem er so etwas wie eine Fahrrinne oder einen Kanal erkannte. Der Anblick von Wasser, transparent und blass, bildete einen beruhigenden Kontrast zu der brennenden Sonne über ihren Köpfen.

»Ich glaube nicht, dass das hier irgendwohin führt«, sagte Laura. »Matschig ist es auch noch, und man kann sich nirgendwo hinsetzen. Außerdem gibt es noch viele Dinge, die wir uns ansehen müssten, sagt der Reiseführer.«

»Ach, lass doch den Führer«, meinte er ungeduldig, zog sie neben sich ins Gras der Böschung vom Wasserlauf und legte die Arme um sie.

»Es ist die falsche Tageszeit für Besichtigungen. Schau mal, da schwimmt eine Ratte zum anderen Ufer.«

Er nahm einen Stein, warf ihn ins Wasser, und das Tier sank oder verschwand, jedenfalls waren nur noch Blasen zu sehen.

»Tu das nicht«, sagte Laura, »das ist grausam, das arme Ding«, und dann plötzlich, indem sie ihre Hand auf sein Knie legte: »Glaubst du, dass Christine hier neben uns sitzt?«

Er antwortete nicht sofort. Was sollte er sagen? Würde es jetzt immer so weitergehen?

»Vermutlich«, sagte er bedächtig, »wenn du das Gefühl hast.«

Doch tatsächlich sähe es so aus: Die Christine vor dem Ausbruch der tödlichen Meningitis würde jetzt aufgeregt am Ufer entlanglaufen, ihre Schuhe fortschleudern und im Wasser planschen wollen, was Laura in Panik versetzen würde. »Süße, pass auf, komm zurück ...«

»Die Frau hat gesagt, sie habe so glücklich ausgesehen, wie sie da lächelnd zwischen uns saß«, meinte Laura. Unruhig stand sie auf und bürstete sich das Kleid ab, ihre Stimmung hatte sich verändert »Komm, wir kehren um.«

Er folgte ihr mit bangem Herzen. Er wusste, dass sie in Wirklichkeit keine Postkarten kaufen oder die restlichen Sehenswürdigkeiten anschauen wollte. Sie wollte nach den

Frauen suchen, nicht unbedingt, um mit ihnen zu reden, sondern einfach, um in ihrer Nähe zu sein. Als sie den Platz mit den Verkaufsständen erreichten, hatte sich die Menge der Touristen stark gelichtet, es waren nur noch ein paar Versprengte übrig, und die Schwestern waren nicht darunter. Sie mussten sich der Hauptgruppe angeschlossen haben, die mit dem Fährdienst nach Torcello gekommen war. Eine Woge der Erleichterung erfasste ihn.

»Sieh mal, da am zweiten Stand gibt es jede Menge Postkarten«, sagte er rasch, »und auch ein paar sehr hübsche Kopftücher. Ich möchte dir gern eins kaufen.«

»Liebling, ich habe doch schon so viele!«, protestierte sie. »Vergeude nicht deine Lire.«

»Das ist keine Vergeudung. Ich bin in Kauflaune. Wie wäre es mit einem Korb? Du weißt, dass wir nie genug Körbe haben. Oder etwas Spitze. Wie wäre es mit Spitze?«

Lachend ließ sie sich zu dem Stand ziehen. Und während er sich durch die vor ihnen ausgebreiteten Waren wühlte und mit der lächelnden Verkäuferin plauderte, die über sein entsetzlich schlechtes Italienisch immer heftiger lächeln musste, wusste er, dass die Touristengruppe auf diese Weise mehr Zeit hätte, die Anlegestelle zu erreichen und die Fähre zu besteigen. Die Zwillingsschwestern würden aus ihren Augen und aus ihrem Leben verschwinden.

»Noch nie«, sagte Laura vielleicht zwanzig Minuten später, »hat so viel überflüssiger Krempel in einen so kleinen Korb gepasst«, und ihr übersprudelndes Lachen versicherte ihm, dass er sich keine Sorgen mehr zu machen brauchte, dass alles in Ordnung und die Gefahr gebannt war. Das Boot des Cipriani-Hotels, das sie von Venedig hierhergebracht hatte, wartete am Anlegesteg. Die Passagiere, die zusammen mit ihnen hergefahren waren, die Amerikaner, der Mann mit dem Monokel, hatten sich schon eingefunden. Vor ihrem Aufbruch hatte er den Preis für das Mittagessen und den Hin- und Rücktransport für entschieden unverschämt gehalten. Doch jetzt war er mit allem einverstanden, außer dass der Ausflug nach Torcello als solcher einer der großen Fehler dieses speziellen Urlaubs gewesen war. Sie betraten die Fähre, suchten sich einen Platz an Deck, und das Boot tuckerte los, den Kanal entlang und in die Lagune. Die reguläre Fähre hatte schon vorher abgelegt und dampfte jetzt in Richtung Murano, während ihr eigenes Boot, an San Francesco del Deserto vorbei, direkt auf Venedig zuhielt.

Er legte erneut den Arm um sie und drückte sie an sich, diesmal reagierte sie, legte den Kopf an seine Schulter und lächelte ihn an.

»Das war ein wunderschöner Tag«, sagte sie. »Ich werde ihn nie vergessen, niemals. Und weißt du was, Liebling, jetzt kann ich endlich anfangen, unseren Urlaub zu genießen.«

Am liebsten hätte er vor Erleichterung geschluchzt. Nun wird alles gut, beschloss er, soll sie doch glauben, was sie will, es spielt keine Rolle, es macht sie glücklich. Vor ihnen tauchte die Schönheit Venedigs auf, eine scharf konturierte Silhouette vor glühendem Himmel, und es würde noch so viel zu sehen geben, wenn sie demnächst dort flanierten, was nun, da Lauras Stimmung sich aufgeheitert, die dunklen Schatten sich verflüchtigt hatten, herrlich sein würde. Er begann, den heutigen Abend mit ihr zu planen – wo sie essen würden, nicht in dem Restaurant in der Nähe der Fenice-Oper, in das sie sonst immer gingen, sondern irgendwo anders, wo sie noch nie gewesen waren.

»Ja, aber es muss billig sein«, meinte sie und griff seinen heiteren Ton auf, »weil wir heute schon so viel ausgegeben haben.«

Ihr Hotel am Canal Grande war freundlich und angenehm. Der Mann an der Rezeption reichte ihnen lächelnd ihren Schlüssel. Das Zimmer hatte etwas Vertrautes, fast Heimatliches mit Lauras ordentlich auf der Frisierkommode verteilten Sachen, besaß aber trotzdem diese leicht festliche Atmosphäre von Fremdheit und Abenteuer, die nur ein Hotelzimmer im Urlaub hat. Im Moment gehört es uns, aber nur jetzt. Wenn wir es bewohnen, füllen wir es mit Leben. Wenn wir wieder fort sind, existiert es nicht mehr, löst sich in Anonymität auf. Er drehte im Badezimmer beide Hähne auf, Wasser rauschte in die Badewanne, Dampf stieg auf. Jetzt, dachte er nach seinem Bad, jetzt endlich ist der Moment gekommen, sich zu lieben, und er ging ins Zimmer zurück, und sie verstand, breitete lächelnd die Arme aus. Welch selige Erleichterung nach all den Wochen der Zurückhaltung.

»Übrigens«, sagte sie später, während sie vor dem Spiegel ihre Ohrringe wieder anlegte, »ich habe gar keinen richtigen Hunger. Sollen wir einfach langweilig sein und unten im Speisesaal essen?«

»Du lieber Himmel, nein!«, rief er. »Zusammen mit all diesen trostlosen Paaren an den anderen Tischen. Ich sterbe vor Hunger. Und außerdem bin ich bester Laune. Ich möchte mich einfach betrinken.«

»Also dann sicher kein helles Licht und Musik?«

»Nein, nein ... irgendeine kleine, dunkle, intime Höhle, ruhig etwas düster, voller verheirateter Frauen mit ihren Liebhabern.«

»Oho«, schnaubte Laura, »wir wissen alle, was *das* bedeutet. Du wirst eine sechzehnjährige italienische Schöne entdecken und sie während des Essens blöde anschmachten, während ich mich mit dem breiten Rücken eines garstigen Mannes abfinden darf.«

Lachend traten sie in die warme, weiche Nacht hinaus, und sofort umfing sie der Zauber. »Lass uns zu Fuß gehen«, sagte er, »lass uns zu Fuß gehen und uns Hunger für unser gigantisches Mahl erlaufen«, und prompt landeten sie wenig überraschend am Molo, dem Anlegeufer, wo die Gondeln auf dem schwappenden Wasser tanzten und sich überall die Lichter mit der Dunkelheit mischten. Es gab andere Paare, die in der gleichen Stimmung gelöster Heiterkeit ziellos auf und ab schlenderten, es gab die unvermeidlichen, lärmend gestikulierenden Matrosentrupps und die flüsternden glutäugigen Mädchen auf ihren klackernden hohen Absätzen.

»Das Dumme ist«, sagte Laura, »wenn man in Venedig erst mal anfängt spazieren zu gehen, wird es sofort zwanghaft. Nur noch über diese Brücke, sagt man, und dann winkt einem schon die nächste. Hier gibt es bestimmt keine Restaurants, wir sind schon fast in dem Park, wo immer die Biennale stattfindet. Lass uns umkehren. Ich weiß, dass irgendwo in der Nähe der Kirche von San Zaccaria ein Restaurant ist, eine kleine Gasse führt dorthin.«

»Und weißt du was?«, sagte John, »wenn wir hier am Arsenal entlanggehen, dann die Brücke überqueren und uns danach links halten, erreichen wir San Zaccaria von der anderen Seite. Das haben wir doch letztens schon einmal morgens gemacht.«

»Ja, aber da war es hell. Wir könnten uns verirren, es ist dort nicht besonders gut beleuchtet.«

»Stell dich nicht an. In diesen Dingen habe ich einen guten Instinkt.«

Sie gingen die Fondamenta dell'Arsenale entlang, überquerten die kleine Brücke direkt vor dem Arsenal und kamen danach an der Kirche San Martino vorbei. Vor ihnen lagen jetzt zwei Kanäle, einer führte nach rechts, der andere nach links, beide gesäumt von schmalen Gassen. John zögerte. An welchem waren sie gestern entlanggegangen?

»Siehst du«, protestierte Laura, »wie ich gesagt habe, wir werden uns verirren.«

»Unsinn«, erwiderte John fest. »Es ist der linke. Ich erinnere mich an die kleine Brücke.«

Der Kanal war schmal, die Häuser zu beiden Seiten schienen ihn zu bedrängen. Tagsüber, als die Sonne sich im Wasser spiegelte, die Fenster der Häuser offen standen, Bettzeug auf den Balkonen lüftete und ein Kanarienvogel in einem Käfig sang, hatte das Ganze den Eindruck von Wärme, von schützender Geborgenheit gemacht. Jetzt in der schwach beleuchteten, fast völligen Dunkelheit wirkte die Szenerie vollkommen anders, vernachlässigt und arm, und die langen, schmalen Boote, die an den glitschigen Treppen der Kellereingänge vertäut waren, sahen wie Särge aus.

»Ich schwöre, dass ich mich an diese Brücke nicht erinnern kann«, sagte Laura, blieb stehen und hielt sich am

Geländer fest, »und die schmale Gasse da vorne gefällt mir gar nicht.«

»Auf halber Strecke steht eine Laterne«, erklärte John. »Ich weiß genau, wo wir sind, nicht weit vom griechischen Viertel.«

Sie überquerten die Brücke und wollten gerade in das Gässchen einbiegen, als sie den Schrei hörten. Er kam eindeutig aus einem der Häuser auf der anderen Seite, aber aus welchem, ließ sich unmöglich sagen. Mit ihren geschlossenen Fensterläden wirkten sie allesamt wie ausgestorben. Sie drehten sich um und blickten in die Richtung, aus der der Schrei gekommen war.

»Was war das?«, flüsterte Laura.

»Irgendein Betrunkener«, meinte John knapp. »Komm, weiter.«

Kein Betrunkener, sondern eher jemand, der erdrosselt wurde und dessen würgender Schrei durch anhaltendes Zudrücken erstickt wurde.

»Wir sollten die Polizei rufen«, sagte Laura.

»Ach, du lieber Himmel«, sagte John. Was glaubte sie, wo sie war – am Piccadilly?

»Na gut, ich bin jedenfalls weg, es ist unheimlich«, erwiderte sie und eilte hastig auf das gewundene Gässchen zu. John zögerte, weil sein Blick an einer kleinen Gestalt hängen blieb, die am gegenüberliegenden Ufer plötzlich aus einem Kellereingang geschlichen kam und in ein schmales Boot sprang. Es war ein Kind, ein kleines Mädchen – kaum älter als fünf oder sechs –, das ein kurzes Mäntelchen über dem winzigen Rock trug und auf dem Kopf eine Zipfelmütze. Vier Boote waren hintereinander vertäut, und die Kleine sprang überraschend geschickt von einem ins andere, offenbar in der Absicht zu fliehen. Einmal rutschte ihr Fuß aus, und er hielt den Atem an, als sie das Gleichgewicht zu verlieren drohte, denn das Wasser war nur wenige Zentimeter entfernt; doch dann fing sie sich wieder und hüpfte auf das letzte Boot. Sie bückte sich, zerrte an dem Tau, so dass das hintere Ende des Boots ausscherte und fast das andere Ufer und einen weiteren Kellereingang berührte, knapp zehn Meter von der Stelle entfernt, wo John stand und sie beobachtete. Dann sprang das Kind noch einmal, landete auf den Kellerstufen und verschwand im Haus, während das Boot in die Mitte des Kanals zurückschaukelte. Das Ganze konnte nicht mehr als vier Minuten gedauert haben. Dann hörte er das Geräusch schneller Schritte. Laura war zurückgekommen. Sie hatte nichts von dem eben Geschehenen mitbekommen, wofür er unaussprechlich dankbar war. Der Anblick eines Kinds, eines kleinen Mädchens, in einer Situation, die nach einer drohenden Gefahr aussah, ihre Angst, dass die Szene, deren Zeuge er soeben geworden war, in irgendeiner Weise mit dem alarmierenden Schrei zusammenhing, hätte womöglich eine katastrophale Wirkung auf ihre überreizten Nerven gehabt.

»Was machst du da?«, rief sie. »Ich habe Angst ohne dich. Diese elende Gasse verzweigt sich schon wieder nach zwei Richtungen.«

»Tut mir leid«, sagte er. »Ich komme.«

Er nahm ihren Arm, und sie liefen zügig die Gasse entlang, John mit einer zur Schau getragenen Zuversicht, die er gar nicht besaß.

»Es wurde doch nicht noch einmal geschrien, oder?«, fragte sie.

»Nein«, erwiderte er, »nichts, gar nichts. Ich habe dir doch gesagt, das war ein Betrunkener.«

Die Gasse endete auf einem verlassenen *campo* hinter einer Kirche, keiner, die er kannte, und er führte sie daran vorbei, in eine weitere Straße und über eine weitere Brücke.

»Wart mal kurz«, sagte er. »Ich glaube, wir biegen hier rechts ab. Dann kommen wir ins griechische Viertel – irgendwo da drüben ist die Kirche San Georgio.«

Sie antwortete nicht. Sie verlor allmählich das Vertrauen. Die Stadt glich einem Labyrinth. Sie könnten ewig im Kreis gehen, um schließlich wieder am Ausgangspunkt zu landen, bei der Brücke, wo sie den Schrei gehört hatten. Verbissen führte er Laura weiter, und dann erblickte er plötzlich in der beleuchteten Straße vor ihnen sehr erleichtert Menschen, auch ein Kirchturm war zu sehen, die Umgebung wurde vertraut.

»Habe ich dir doch gesagt«, erklärte er. »Das ist San Zaccaria, wir haben ganz richtig hergefunden. Dein Restaurant kann nicht weit sein.«

Und überhaupt, da würden auch noch andere Restaurants sein, Orte, an denen man etwas essen konnte; jedenfalls gab es hier erfreulicherweise Lichtergefunkel, es gab Bewegung, Kanäle, an denen Menschen entlangspazierten, touristisches Ambiente. Die blauen Buchstaben des Worts »Ristorante« in der Gasse zur Linken strahlten wie ein Leuchtturm.

»Ist das das Lokal, das du meinst?«, fragte er.

»Weiß der Himmel«, sagte sie. »Aber egal. Lass uns einfach dort essen.«

Also hinein in die geballte Ladung aus heißer Luft und

Stimmengewirr, aus Pastaduft, Wein, Kellnern, drängelnden Gästen und Gelächter. »Für zwei? Bitte hier entlang.« Auf Englisch. Wieso, dachte er, waren Briten immer so eindeutig zu identifizieren? Ein viel zu kleiner Tisch, eine enorme, unleserliche Speisekarte in violetter Kugelschreiberschrift und ein ungeduldiger Kellner, der umgehend die Bestellung erwartete.

»Zwei sehr große Campari mit Soda«, sagte John. »*Danach* werden wir die Karte studieren.«

Er würde sich nicht drängen lassen. Er reichte Laura die Karte und blickte sich um. Vorwiegend Italiener – das bedeutete, das Essen würde gut sein. Dann sah er sie. Am anderen Ende des Raums. Die Zwillingsschwestern. Sie mussten das Restaurant, direkt nachdem Laura und er angekommen waren, betreten haben. Sie legten gerade erst ihre Mäntel ab und nahmen Platz, während der Kellner schon wartend neben dem Tisch stand. John ertappte sich bei dem irrationalen Gedanken, dass das kein Zufall war. Die Schwestern hatten Laura und ihn draußen auf der Straße gesehen und waren ihnen gefolgt. Warum zum Teufel hätten sie sich in ganz Venedig ausgerechnet dieses Lokal aussuchen sollen, außer ... außer Laura hatte auf Torcello selbst ein weiteres Treffen vorgeschlagen, oder die Schwester der Blinden hatte es ihrerseits angeregt. Ein kleines Restaurant in der Nähe der Kirche San Zaccaria, wir essen da manchmal abends. Es war ja Laura gewesen, die vor dem Spaziergang San Zaccaria erwähnt hatte ...

Sie war immer noch über die Karte gebeugt, hatte die Schwestern noch nicht entdeckt, aber jeden Augenblick würde sie sich für ein Gericht entscheiden, den Kopf heben und sich umschauen. Wenn nur die Getränke kämen. Wenn der Kellner doch nur die Campari brächte, dann hätte Laura etwas zu tun.

»Weißt du, was ich mir überlegt habe«, sagte er rasch, »wir sollten morgen unbedingt unser Auto aus der Garage holen und die Fahrt nach Padua machen. Wir könnten in Padua zu Mittag essen, die Kathedrale besichtigen, den Grabstein des heiligen Antonius berühren und uns Giottos Fresken anschauen, den Rückweg könnten wir über die verschiedenen Villen entlang des Brenta-Kanals nehmen, die im Reiseführer so gelobt werden.«

Es war leider vergeblich. Sie hob den Kopf, ließ den Blick durchs Restaurant schweifen und stieß einen überraschten kleinen Schnaufer aus. Er war echt. Er hätte schwören können, dass er echt war.

»Sieh nur«, sagte sie. »Wie unglaublich! Wie völlig verrückt!«

»Was?«, fragte er scharf.

»Na, sie sind da. Meine wunderbaren alten Zwillinge. Und sie haben uns sogar schon entdeckt. Sie blicken in unsere Richtung.« Laura winkte, strahlend, entzückt. Die Schwester, mit der sie auf Torcello gesprochen hatte, nickte und lächelte. Falsches altes Miststück, dachte er. Ich weiß, dass sie uns gefolgt sind.

»Oh, Liebling, ich muss zu ihnen und mit ihnen sprechen«, sagte sie impulsiv, »einfach, um ihnen zu sagen, wie glücklich ich schon den ganzen Tag bin, und zwar wegen ihnen.«

»Oh, um Himmels willen!«, sagte er. »Schau, da sind unsere Getränke. Und wir haben noch gar nicht bestellt. Warte doch, bis wir gegessen haben.«

»Es dauert nicht lange«, sagte sie, »außerdem möchte ich ohnehin nur Scampi und keinen ersten Gang. Ich habe ja schon gesagt, dass ich nicht hungrig bin.«

Sie stand auf, schob sich am Kellner mit den Getränken vorbei und durchquerte den Raum. Nicht viel anders, als hätte sie vor, liebgewonnene langjährige Freunde zu begrüßen. Er sah, wie sie sich über den Tisch beugte und beiden die Hand schüttelte; dann zog sie kurzentschlossen einen freien Stuhl von einem Nebentisch heran, setzte sich und redete und lächelte. Die Schwestern schienen auch gar nicht überrascht zu sein, zumindest nickte und redete diejenige der beiden, die Laura kannte, während die blinde Schwester schweigend danebensaß.

»Also gut«, dachte John wütend, »dann werde ich mich eben wirklich betrinken!«; er stürzte seinen Campari Soda hinunter und bestellte noch einen, während er für sich auf etwas komplett Unleserliches auf der Speisekarte zeigte, aber auch an die Scampi für Laura dachte. »Und eine Flasche Soave«, fügte er hinzu, »mit Eis.«

Der Abend war ohnehin ruiniert. Was eine glückliche, intime Feier hatte werden sollen, würde nun mit spiritistischen Visionen befrachtet werden, wenn die arme kleine tote Christine demnächst wieder mit ihnen am Tisch saß, was so verdammt blödsinnig war, da sie doch in ihrem irdischen Leben schon längst in ihrem Bettchen gelegen hätte. Der bittere Geschmack des Campari passte gut zu seinem plötzlichen Anfall von Selbstmitleid. Unterdessen beobachtete er weiter die Gruppe am Tisch in der gegenüberliegenden Ecke, sah, dass Laura offenbar zuhörte, während die aktivere Schwester sich über irgendetwas ausließ und die andere stumm dabeisaß, die furchterregenden blinden Augen in seine Richtung gewandt.

Sie tut nur so, dachte er, sie ist gar nicht blind. Sie sind beide Betrügerinnen und könnten tatsächlich verkleidete Männer sein, was wir ja auf Torcello aus Quatsch auch schon vermutet haben, und sie sind hinter Laura her.

Er nahm einen Schluck von seinem zweiten Campari Soda. Die beiden Gläser auf leeren Magen zeigten eine rasche Wirkung. Sein Blick verschwamm. Und Laura saß immer noch am anderen Tisch, warf hin und wieder eine Frage ein, während die aktive Schwester redete. Der Kellner erschien mit den Scampi und einem Assistenten, der Johns Bestellung servierte, irgendetwas vollkommen Undefinierbares unter einem Berg bleicher Soße.

»Kommt die Signora nicht?«, fragte der erste Kellner, und John schüttelte grimmig den Kopf und zeigte mit unsicherem Finger zum anderen Ende des Raums.

»Sagen Sie der Signora«, sagte er langsam und betont, »dass ihre Scampi kalt werden.«

Er starrte auf den Teller, der vor ihm stand, und stocherte vorsichtig mit der Gabel in dem Gericht herum. Die bleiche Soße glitt zur Seite, und zwei riesige runde Scheiben, die nach geschmortem Schweinefleisch, garniert mit Knoblauch, aussahen, kamen zum Vorschein. Er spießte eine Portion mit der Gabel auf und kaute, ja, es war Schweinefleisch, dampfend, fett, und schmeckte von der würzigen Soße eigenartig süßlich. Er legte die Gabel nieder, schob den Teller beiseite und nahm zur Kenntnis, dass Laura den Gastraum durchquerte und sich neben ihn setzte. Sie sagte nichts, was ihm, wie er feststellte, auch recht war, denn ihm war inzwischen so übel, dass er kaum hätte antworten können. Was nicht nur am Alkohol lag, sondern wohl auch eine Reaktion auf den ganzen albtraumhaften Tag war. Laura begann, ihre Scampi zu essen, immer noch schweigend. Sie schien nicht zu bemerken, dass er gar nicht aß. Dem besorgten Kellner, der ihm nicht von der Seite wich, schien aufzufallen, dass seine Wahl irgendwie ein Irrtum war, und er entfernte seinen Teller diskret. »Bringen Sie mir einen grünen Salat«, murmelte John, und selbst da bekundete Laura weder Erstaunen, noch machte sie ihm, was sie unter normaleren Umständen wohl getan hätte, Vorwürfe, dass er zu viel getrunken hätte. Als sie schließlich ihre Scampi aufgegessen hatte und an ihrem Wein nippte, den John mit einer Handbewegung abgelehnt hatte, um wie ein krankes Kaninchen mit kleinen Bissen seinen Salat zu mümmeln, begann sie zu sprechen.

»Liebling«, sagte sie, »ich weiß, du wirst es nicht glauben, und in gewisser Weise ist es auch unheimlich, aber nachdem die Schwestern das Restaurant auf Torcello verlassen hatten, sind sie, genau wie wir, zur Kathedrale gegangen, auch wenn wir sie in der Menge nicht gesehen haben, und die Blinde hatte wieder eine Vision. Sie sagte, Christine habe versucht, ihr etwas mitzuteilen, das uns betrifft, und zwar, dass wir in Gefahr seien, wenn wir weiter in Venedig blieben. Christine wollte, dass wir so schnell wie möglich abreisen.«

Das ist es also, dachte er. Sie glauben, sie können über unser Leben bestimmen. Das wird also von nun an unser Problem sein. Dürfen wir essen? Dürfen wir aufstehen? Dürfen wir zu Bett gehen? Wir haben uns mit den Zwillingsschwestern in Verbindung zu setzen. Sie werden uns dirigieren.

»Nun?«, fragte sie. »Warum sagst du nichts?«

»Weil du vollkommen recht hast«, erwiderte er, »ich glaube es nicht. Offen gesagt bin ich der Meinung, dass deine beiden Schwestern zwei alte Närrinnen sind, wenn nicht Schlimmeres. Sie sind eindeutig nicht ganz richtig, und es tut mir leid, wenn es dich verletzt, aber Tatsache ist, dass sie in dir einen gutgläubigen Trottel gefunden haben.«

»Du bist gemein«, sagte Laura. »Sie sind aufrichtig, das weiß ich. Ich weiß es einfach. Sie waren vollkommen ehrlich in dem, was sie sagten.«

»Also gut. Einverstanden. Sie sind aufrichtig. Aber damit sind sie noch lange nicht völlig zurechnungsfähig. Ehrlich, Liebling, du triffst das alte Mädchen für zehn Minuten in einem Klo, sie erzählt dir, sie sieht Christine neben uns sitzen – also, jeder mit auch nur etwas Sinn für Telepathie würde im Handumdrehen dein Unbewusstes lesen können –, und entzückt über ihren Erfolg, probiert sie, als alte Psycho-Expertin, die sie ist, sofort etwas Schärferes aus und will uns aus Venedig rausschmeißen. Also, es tut mir leid, aber zur Hölle damit.«

Der Raum drehte sich nicht mehr. Die Wut hatte ihn ernüchtert. Wenn es Laura nicht kompromittieren würde, würde er jetzt aufstehen und zu den alten Närrinnen an den Tisch treten und ihnen erklären, wohin sie sich scheren sollten.

»Ich wusste, dass du so reagieren würdest«, sagte Laura unglücklich. »Ich habe es ihnen schon gesagt. Sie meinten, ich solle mir keine Sorgen machen. Solange wir morgen Venedig verließen, würde alles gut werden.«

»Herrgott noch mal«, sagte John. Er überlegte es sich anders und goss sich ein Glas Wein ein.

»Eigentlich haben wir doch das Schönste von Venedig schon gesehen«, fuhr Laura fort. »Ich habe nichts dagegen, weiterzureisen. Wenn wir blieben – ich weiß, das klingt albern, aber dann hätte ich ein unangenehm bohrendes Gefühl und würde die ganze Zeit an Christine denken, wie unglücklich die Süße ist, während sie uns zu sagen versucht, wir sollten fort von hier.«

»Gut«, sagte John beängstigend ruhig, »damit ist es entschieden. Wir werden abreisen. Ich schlage vor, wir packen jetzt sofort unsere Sachen und sagen dem Hotel Bescheid, dass wir morgen früh fahren. Bist du überhaupt satt geworden?«

»Ach, Lieber«, seufzte Laura, »warum musst du so reagieren? Lass uns doch zu ihnen gehen, und du lernst sie kennen, dann können sie dir alles über die Vision erklären. Vielleicht würdest du die Geschichte dann ernst nehmen. Besonders, da sie vor allem dich betrifft. Christine macht sich mehr Sorgen um dich als um mich. Und was völlig verblüffend ist, die blinde Schwester sagt, du hättest übersinnliche Fähigkeiten, wüsstest es nur nicht. Du seist, anders als ich, irgendwie *en rapport* mit dem Unbekannten.«

»So, jetzt reicht's. Ich bin also übersinnlich? Großartig. Meine übersinnliche Intuition sagt mir, wir sollten dieses Restaurant auf der Stelle verlassen, und wenn wir wieder im Hotel sind, können wir entscheiden, ob wir Venedig verlassen oder nicht.«

Mit einem Handzeichen bat er den Kellner um die Rechnung, und während sie darauf warteten, sprachen sie nicht mehr miteinander, Laura kramte unglücklich in ihrer Handtasche, und John, der verstohlen zum Tisch der Zwillinge spähte, sah, wie sie den Berg Spaghetti auf ihren Tellern auf wenig übersinnliche Weise bearbeiteten. Nachdem die Rechnung beglichen war, schob er seinen Stuhl zurück.

»Bist du bereit?«, fragte er.

»Ich möchte mich zuerst von ihnen verabschieden«, sagte Laura, den Mund schmollend verzogen, was ihn sofort schmerzlich an ihr armes verlorenes Kind erinnerte.

»Wie du willst«, erwiderte er und verließ ohne einen Blick zurück allein das Restaurant.

Der weiche abendliche Dunst, der zuvor beim Laufen so angenehm gewesen war, hatte sich in Regen verwandelt. Die flanierenden Touristen waren verschwunden. Nur noch vereinzelte eilten unter Schirmen vorüber. Das ist es, was die Menschen, die hier leben, sehen, dachte er. Das ist das wahre Leben. Eine leere Straße bei Nacht, die feuchte Stille eines Kanals mit stehendem Wasser und rechts und links verrammelte Häuser. Der Rest ist eine bunte Vorzeige-Fassade, die im Sonnenlicht glitzert.

Laura hatte ihn eingeholt, und schweigend marschierten sie los, kamen am Dogenpalast vorbei und landeten auf der Piazza San Marco. Inzwischen regnete es stark, und gemeinsam mit den wenigen verbliebenen Nachzüglern suchten sie Schutz unter den Kolonnaden. Die Orchester hatten zusammengepackt. Die Tische waren leer, die Stühle hochgestellt.

Die Fachleute haben recht, dachte er, Venedig ist dem Untergang geweiht. Die ganze Stadt ist dabei, langsam zu sterben. Eines Tages werden die Touristen hier mit dem

Schiff entlangfahren und ins Wasser hinunter spähen, und sie werden tief, tief unter sich Pfeiler und Säulen sehen, Schlamm und Modder werden für kurze Augenblicke eine verlorene Unterwelt aus Stein freigeben. Ihre Absätze machten ein klingendes Geräusch auf dem Pflaster, und das Wasser spritzte über die Regenrinnen auf sie herunter. Ein schöner Abschluss für einen Abend, der arglos und mit entschlossener Hoffnung begonnen hatte.

Als sie ihr Hotel betraten, ging Laura schnurstracks zum Aufzug und John zum Nachtportier am Empfangstresen, um den Schlüssel zu holen. Gleichzeitig reichte der Mann ihm ein Telegramm. John blickte kurz darauf. Laura war bereits im Aufzug. Er riss den Umschlag auf und las die Nachricht. Sie stammte vom Direktor von Johnnies Vorschule.

Johnnie wegen Verdacht auf Blinddarmentzündung unter Beobachtung im städtischen Krankenhaus.

Kein Grund zur Beunruhigung, doch Arzt hielt es für klug, Sie zu benachrichtigen.

Charles Hill

Er las die Nachricht zweimal und ging zum Aufzug, wo Laura auf ihn wartete. Er gab ihr das Telegramm. »Das kam, als wir unterwegs waren«, sagte er. »Keine besonders guten Nachrichten.« Er drückte den Schaltknopf, während sie das Telegramm las. Der Aufzug hielt im zweiten Stock, und sie stiegen aus.

»Nun, damit ist die Sache doch wohl entschieden?«, meinte sie. »Hier ist der Beweis. Wir müssen Venedig verlassen, weil wir nach Hause reisen. Nicht wir sind in Gefahr, sondern Johnnie. Das wollte Christine den Zwillingen sagen.«

Als Erstes verlangte John am nächsten Morgen, mit dem Direktor der Vorschule verbunden zu werden. Dann sagte er an der Rezeption Bescheid, dass sie abreisen würden, anschließend packten sie, während sie auf den Rückruf warteten. Sie erwähnten die Ereignisse des vergangenen Tages nicht, das war nicht nötig. John wusste, dass beides, die Ankunft des Telegramms und die von den Schwestern angedrohte Gefahr, ganz allein durch Zufall zeitlich zusammengefallen waren, aber einen Streit darüber anzufangen wäre sinnlos. Laura war zwar vom Gegenteil überzeugt, schien jedoch intuitiv zu spüren, dass es am besten war, ihre Gefühle für sich zu behalten. Beim Frühstück besprachen sie die verschiedenen Möglichkeiten ihrer Heimreise. Sie hofften, für sich und den Wagen noch einen Platz in dem Sonderzug zu bekommen, der von Mailand bis Calais fuhr, denn die Saison hatte gerade erst begonnen. Zum Glück hatte der Direktor erklärt, es bestehe kein Grund zur Beunruhigung.

Der Anruf aus England kam, als John gerade im Bad war. Laura nahm ihn entgegen. Wenige Minuten später kam er zurück ins Zimmer. Sie sprach immer noch, und der Ausdruck ihrer Augen verriet ihm, dass sie besorgt war.

»Es ist Mrs Hill«, erklärte sie ihm. »Mr Hill unterrichtet gerade. Sie sagt, das Krankenhaus habe mitgeteilt, dass Johnnie eine unruhige Nacht hatte und dass der Arzt womöglich operieren muss, aber das will er nur, wenn es absolut notwendig ist. Sie haben ihn geröntgt, und der Blinddarm hat eine verzwickte Lage, nicht gerade unkompliziert.«

»Gib sie mir mal«, sagte er.

Aus dem Hörer kam die beruhigende, wenn auch ein wenig verhaltene Stimme der Frau des Direktors. »Es tut mir so leid, dass das womöglich Ihre Pläne durchkreuzt«, sagte sie, »aber Charles und ich, wir fanden beide, dass Sie Bescheid wissen sollten. Wir dachten, Sie würden sicher lieber persönlich vor Ort sein wollen. Johnnie ist sehr tapfer, aber er hat natürlich Fieber. Das sei angesichts der Situation nicht ungewöhnlich, meint der Arzt. Manchmal kann sich ein Blinddarm offenbar verschieben, und das macht es komplizierter. Er wird heute entscheiden, ob er operieren muss.«

»Ja, natürlich, das verstehen wir«, sagte John.

»Bitte sagen Sie Ihrer Frau, sie möge sich keine allzu großen Sorgen machen«, fuhr sie fort. »Das Krankenhaus ist hervorragend, sehr nette Belegschaft, und wir haben volles Vertrauen in den Arzt.«

»Ja«, sagte John, »ja«, und brach ab, weil Laura ihm ein Zeichen machte.

»Wenn wir für das Auto keinen Platz im Zug bekommen, kann ich fliegen«, sagte sie. »Man hat mir versichert, dass ich einen Flug bekommen könnte. Dann wäre wenigstens einer von uns heute Abend schon dort.«

Er nickte zustimmend. »Ganz herzlichen Dank, Mrs Hill«, sagte er, »ich denke, wir kommen rechtzeitig zurück. Ja, ich bin sicher, Johnnie ist in guten Händen. Sagen Sie auch Ihrem Mann unseren Dank. Auf Wiedersehen.«

Er legte den Hörer auf, blickte sich im Zimmer um und

musterte die zerwühlten Betten, die Koffer auf dem Boden, das verstreute Seidenpapier. Körbe, Landkarten, Bücher, Mäntel, all die Dinge, die sie im Auto mitgebracht hatten. »Du lieber Gott«, sagte er, »was für ein schreckliches Chaos. All dieser Kram.« Wieder klingelte das Telefon. Es war der Hotelportier, der erklärte, es sei ihm gelungen, für die folgende Nacht für sie beide einen Schlafwagen sowie einen Platz für das Auto zu buchen.

»Hören Sie«, sagte Laura, die ihm das Telefon aus der Hand genommen hatte, »würden Sie bitte für mich einen Platz in der Mittagsmaschine von Venedig nach London buchen. Es muss unbedingt schon heute Abend jemand zu Hause sein. Mein Mann könnte morgen mit dem Wagen nachkommen.«

»Moment mal«, unterbrach John sie. »Kein Grund zur Panik. Auf 24 Stunden mehr oder weniger kommt es doch nun wirklich nicht an.«

Vor lauter Sorge war alle Farbe aus ihrem Gesicht gewichen. Aufgelöst drehte sie sich zu ihm um.

»Für dich vielleicht nicht, aber für mich durchaus«, erklärte sie. »Ich habe ein Kind verloren, ich werde nicht noch eins verlieren.«

»Schon gut, Liebling, schon gut …« Er streckte ihr die Hand hin, aber sie wischte sie ungeduldig beiseite und gab dem Portier weitere Anweisungen. John machte sich wieder ans Packen. Zwecklos, etwas zu sagen. Besser, man tat, was sie wollte. Sie konnten natürlich auch beide fliegen, und wenn dann alles wieder gut war, wenn es Johnnie besser ging, konnte er zurückkehren, den Wagen holen und quer durch Frankreich nach Hause fahren, genauso wie sie gekommen waren. Eigentlich ein schöner

Gedanke, aber eine verdammt teure Angelegenheit. Es reichte schon, dass Laura flog und er selbst mit dem Autotransport von Mailand aus mit dem Zug fuhr.

»Wenn du möchtest, könnten wir beide fliegen«, sagte er vorsichtig und erklärte seine plötzliche Idee, aber sie wollte nichts davon wissen. »Das wäre nun *wirklich* absurd«, erwiderte sie ungeduldig. »Es geht doch nur darum, dass ich noch heute Abend da bin, und du kommst mit dem Zug nach. Wir werden das Auto außerdem für unsere Fahrten zum Krankenhaus brauchen. Und unser Gepäck. Wir können nicht abreisen und einfach alles hier zurücklassen.«

Stimmt, das sah er ein. Eine dumme Idee. Es war nur – er machte sich eben die gleichen Sorgen wegen Johnnie wie sie, wollte sie jedoch nicht äußern.

»Ich beziehe jetzt unten Posten neben dem Portier«, erklärte Laura. »Sie geben sich mehr Mühe, wenn man persönlich anwesend ist. Alle meine Sachen für heute Abend sind gepackt. Ich brauche nur meine Reisetasche. Den Rest an Gepäck kannst du mit dem Auto bringen.«

Sie war noch keine fünf Minuten aus dem Zimmer, als das Telefon erneut klingelte. Es war Laura. »Liebling«, sagte sie, »es hätte gar nicht besser laufen können. Der Portier hat mir einen Charterflug gebucht, der Venedig in weniger als einer Stunde verlässt. Eine spezielle Motorfähre bringt die Fluggäste in zehn Minuten direkt von San Marco zum Flugplatz. Und ein Passagier hat seinen Flug storniert. In weniger als vier Stunden bin ich in Gatwick.«

»Ich komme sofort runter«, sagte er.

Sie stand an der Empfangstheke und wirkte nicht mehr ängstlich und erschöpft, sondern energiegeladen. Sie war in Aufbruchsstimmung. Ihm wäre es lieber gewesen, sie führen gemeinsam. Nach ihrer Abreise würde er nur höchst ungern allein in Venedig zurückbleiben. Und die Vorstellung, nach Mailand zu fahren, dort eine trübsinnige Nacht allein in einem Hotel zu verbringen, dann der endlos sich hinziehende nächste Tag und die langen Stunden im Zug in der folgenden Nacht – all das löste, ganz unabhängig von seiner Sorge um Johnnie, in ihm eine kaum erträgliche Niedergeschlagenheit aus. Er begleitete sie zur Anlegestelle von San Marco, der Molo glitzerte hell nach dem Regen, es wehte eine leichte Brise, Postkarten, Tücher und Touristensouvenirs flatterten an den Ständen, und überall flanierten zufrieden Touristen, in Erwartung eines schönen Tags.

»Ich rufe dich heute Abend von Mailand aus an«, erklärte er. »Du kannst bestimmt bei den Hills schlafen. Und falls du gerade im Krankenhaus bist, werden sie mich auf dem Laufenden halten. Das da vorne werden deine Mitreisenden sein. Mit denen musst du dich jetzt allein herumschlagen.«

Die Passagiere, die vom Landesteg in die wartende Fähre stiegen, trugen Handgepäck mit Union-Jack-Aufklebern. Sie waren vorwiegend mittleren Alters und offenbar unter der Obhut von zwei Methodistenpfarrern. Einer der beiden ging auf Laura zu, streckte die Hand aus und präsentierte beim Lächeln ein strahlendes künstliches Gebiss. »Sie müssen die Dame sein, die mit uns nach Hause fliegt«, sagte er. »Willkommen an Bord und in unserer Gemeinschaft. Wir alle freuen uns, Ihre Bekanntschaft zu machen. Es tut uns leid, dass wir keinen Platz mehr für den Göttergatten hatten.«

Laura drehte sich rasch um und küsste John, ihr zuckender Mundwinkel verriet, dass sie nur mühsam ihr Lachen unterdrückte. »Glaubst du, sie legen demnächst mit Chorälen los?«, flüsterte sie. »Pass auf dich auf, Göttergatte. Ruf mich heute Abend an.«

Mit einem kuriosen kleinen Tuten des Schiffshorns gab der Fährkapitän ein Zeichen, Laura war im Nu die Stufen zur Fähre hinuntergestiegen und stand jetzt winkend zwischen den Passagieren, ihr scharlachroter Mantel ein fröhlicher Farbtupfer inmitten der sehr gedeckten Kleidung ihrer Reisegenossen. Das Boot tutete noch einmal, legte vom Anleger ab, und er stand da, sah ihm nach, und das Gefühl eines gewaltigen Verlustes machte ihm das Herz schwer. Dann wandte er sich um und ging zurück zum Hotel, der strahlende Tag um ihn herum trostlos, unbeachtet.

Nichts, dachte er, als er sich jetzt in ihrem Raum umschaute, war so melancholisch wie ein verlassenes Hotelzimmer, besonders, wenn noch frische Spuren der Bewohner sichtbar waren. Lauras Koffer auf dem Bett, der zweite Mantel, den sie zurückgelassen hatte. Puderreste auf dem Frisiertisch. Ein in den Papierkorb geworfenes Tüchlein mit verschmiertem Lippenstift. Sogar eine ausgedrückte alte Zahnpastatube lag noch auf dem Glasregal über dem Waschbecken. Wie immer drangen Geräusche des rücksichtslosen Verkehrs auf dem Canal Grande durch das offene Fenster, aber Laura war nicht mehr hier, um zu lauschen oder vom kleinen Balkon aus zuzusehen. Alle Freude war wie weggeblasen, alle Empfindung erstorben.

John packte zu Ende, hinterließ das Gepäck, zum Abholen bereit, und ging hinunter, um die Rechnung zu begleichen. Der Mann am Empfang begrüßte gerade neu angekommene Gäste, Menschen saßen auf der Terrasse mit Blick auf den Canal Grande und lasen Zeitung. Ein schöner Tag wartete darauf, verplant zu werden.

John beschloss, hier auf der Terrasse, auf vertrautem Gelände, früh zu Mittag zu essen und dann den Portier zu bitten, dass er das Gepäck auf eine der Fähren brachte, die direkt zwischen San Marco und der Porta Roma verkehrten, wo das Auto in einer Garage untergestellt war. Das Essensfiasko vom vergangenen Abend hatte eine große Leere in ihm hinterlassen, und als der Servierwagen mit den Horsd'œuvres gegen Mittag angerollt kam, wartete er schon. Doch selbst hier gab es eine Veränderung. Ihr spezieller Freund, der Oberkellner, hatte frei, und der Tisch, an dem sie gewöhnlich saßen, war von Neuankömmlingen besetzt, einem Pärchen in den Flitterwochen, wie er, angesichts ihrer strahlenden Fröhlichkeit, ihrem ständigen Lächeln, säuerlich feststellte; er selbst wurde unterdessen an einen kleinen Einzeltisch hinter einem Blumenkübel platziert.

Jetzt ist sie in der Luft, dachte John, sie ist unterwegs, und er versuchte sich auszumalen, wie Laura zwischen den Methodistenpfarrern saß und ihnen mit Sicherheit vom unglücklichen Johnnie im Krankenhaus erzählte und von Gott weiß was sonst noch. Aber immerhin, die Zwillingsschwestern konnten in übersinnlichem Frieden ruhen. Ihre Wünsche wären erfüllt.

Nach dem Essen mochte er nicht einmal mehr für eine Tasse Kaffee auf der Terrasse verweilen. Er sehnte sich danach, so schnell wie möglich fortzukommen, den Wagen zu holen und nach Mailand aufzubrechen. Er verabschiedete sich am Empfang und begleitet von einem Portier, der sein Gepäck auf einen Rollwagen geladen hatte, machte er sich erneut zur Anlegestelle von San Marco auf. Als er die Motorfähre betrat, mit dem Berg von Gepäck neben sich und lauter drängelnden Menschen um sich herum, versetzte ihm der Abschied von Venedig einen kurzen heftigen Stich. Wann würden sie wohl noch einmal hierherkommen, falls überhaupt, fragte er sich. Im nächsten Jahr ... in drei Jahren ... Das erste Mal, während ihrer Flitterwochen, lag beinah zehn Jahre zurück, dann ein zweiter Besuch, *en passant*, vor einer Kreuzfahrt, und jetzt diese letzten fehlgeschlagenen zehn Tage, die so abrupt geendet hatten.

Das Wasser glitzerte in der Sonne, Gebäude strahlten, Touristen mit dunklen Sonnenbrillen paradierten am rasch zurückweichenden Molo auf und ab, schon verschwand die Terrasse ihres Hotels aus seinem Blickfeld, während die Fähre durch den Canal Grande pflügte. So viele Eindrücke, die festzuhalten waren, vertraute, geliebte Fassaden, Balkone, Fenster, Wasser, das gegen Kellertreppen verfallender Paläste schwappte, das kleine rote Haus mit dem Garten, wo d'Annunzio gewohnt hatte – unser Haus, hatte Laura es genannt und so getan, als gehöre es ihnen –, und viel zu schnell würde die Fähre links den direkten Weg zum Piazzale Roma einschlagen und so das Schönste vom Canal Grande, den Rialto und die anschließenden Paläste, verpassen.

Eine andere Fähre kam ihnen vollbesetzt entgegen, und für einen kurzen verrückten Moment wünschte er sich, er könnte den Platz tauschen und wäre einer der fröhlichen Touristen, auf dem Weg nach Venedig und zu all dem, was er zurückgelassen hatte. Dann sah er sie. Laura, in ihrem scharlachroten Mantel, neben ihr die Zwillingsschwestern, die Aktive der beiden, die, mit der Hand auf Lauras Arm, ernst auf sie einredete, während Laura, deren Haare im Wind flogen, mit kummervoller Miene heftig gestikulierte. Er starrte verblüfft hinüber, zu erstaunt, um zu rufen oder zu winken, ohnehin hätten sie ihn weder gesehen noch gehört, denn seine Fähre war schon an ihnen vorbei und fuhr weiter in die entgegengesetzte Richtung.

Was zum Teufel war passiert? Es musste eine Störung bei dem Charterflug gegeben haben, die Maschine war gar nicht gestartet, aber wieso hatte Laura ihn nicht im Hotel angerufen? Und was hatten diese vermaledeiten Schwestern dort zu suchen? Hatte sie die beiden am Flugplatz getroffen? War es ein Zufall? Und warum machte sie so ein besorgtes Gesicht? Ihm fiel keine Erklärung ein. Vielleicht war der Flug gestrichen worden. Dann wäre Laura jetzt sicher auf direktem Weg zum Hotel, um ihn noch zu erreichen und mit ihm zusammen nach Mailand zu fahren und anschließend weiter mit dem Nachtzug nach Hause. Was für ein verdammtes Durcheinander. Das Einzige, was er tun konnte, war, sofort nach der Ankunft der Fähre am Piazzale Roma das Hotel anzurufen und Laura zu sagen, sie solle warten – er werde zurückkommen und sie abholen. Was die ewig sich einmischenden vermaledeiten Schwestern anging, so konnten die zur Hölle fahren.

Beim Anlegen der Fähre gab es das übliche Gedrängel. Er musste sich einen Gepäckträger suchen und ein Telefon finden. Das Gefummel mit den Münzen, die hektische Suche nach der Nummer sorgten für weitere Verzögerung. Endlich kam er mit seinem Anruf durch, und zum Glück hatte noch derselbe Angestellte Dienst am Empfang.

»Hören Sie, es hat ein fürchterliches Durcheinander gegeben«, begann er und erklärte, dass Laura im Moment auf dem Rückweg zum Hotel sei – er habe sie mit zwei Bekannten auf einer Fähre gesehen. Würde er so nett sein und sie bitten zu warten? Er würde sie mit der nächsten erreichbaren Fähre abholen. »Halten Sie sie auf jeden Fall fest«, sagte er. »Ich bin so schnell wie möglich zurück.« Der Empfangsportier hatte alles verstanden, und John legte auf.

Gott sei Dank war Laura bis jetzt noch nicht aufgetaucht, denn sonst hätten sie ihr gesagt, dass er auf dem Weg nach Mailand sei. Der Träger wartete noch mit seinem Gepäck, und es schien am einfachsten zu sein, zu Fuß mit ihm zur Garage zu gehen, dem Mann, der dort Dienst hatte, alles zu übergeben und ihn zu bitten, so lange auf die Sachen aufzupassen, bis er nach einer Stunde mit seiner Frau zurückkehren würde, um das Auto abzuholen. Anschließend lief er zurück zur Anlegestelle, um auf die nächste Fähre nach Venedig zu warten. Die Minuten schleppten sich dahin, und die ganze Zeit zerbrach er sich den Kopf, was wohl am Flughafen schiefgelaufen war und wieso um Himmels willen Laura nicht angerufen hatte. Sinnlos, darüber zu spekulieren. Sie würde ihm die ganze Geschichte im Hotel erzählen. Eines war jedenfalls sicher: Er würde nicht zulassen, dass Laura und er die Schwestern weiter am Hals hatten und in deren Angelegenheiten hineingezogen wurden. Er konnte sich gut vorstellen, dass Laura ihm erklären würde, die beiden

Schwestern hätten ebenfalls einen Flug verpasst und ob sie nicht mit ihnen nach Mailand fahren könnten.

Endlich tuckerte die Fähre an den Steg, und er kletterte an Bord. Was für ein anderes Gefühl, schon wieder an den bekannten Sehenswürdigkeiten vorbeizubrausen, von denen er sich eben noch so wehmütig verabschiedet hatte! Er blickte sich diesmal nicht einmal mehr um, so sehr drängte es ihn, ans Ziel zu kommen. San Marco war voller denn je, dicht an dicht schob sich die nachmittägliche Menschenmenge über den Platz, jeder Einzelne auf sein Vergnügen bedacht.

Er erreichte das Hotel, drängte sich eilig durch die Schwingtür, in der festen Überzeugung, dass Laura und womöglich die Schwestern in der Lounge links vom Eingang auf ihn warteten. Laura war nicht da. Er ging zum Empfang. Der Angestellte, mit dem er am Telefon gesprochen hatte, stand dort und redete gerade mit dem Hotelchef.

»Ist meine Frau angekommen?«, fragte John.

»Nein, Sir, noch nicht.«

»Wie merkwürdig. Sind Sie sicher?«

»Absolut sicher, Sir. Seit Sie mich um Viertel vor zwei angerufen haben, bin ich ununterbrochen hier. Ich habe den Empfangstresen nicht verlassen.«

»Das begreife ich einfach nicht. Sie war auf einem der Vaporetti, die an der Accademia vorbeifuhren. Fünf Minuten später hätte sie in San Marco und kurz darauf hier sein müssen.«

Der Angestellte wirkte ratlos. »Ich weiß nicht, was ich sagen soll. Die Signora war mit Freunden zusammen, sagten Sie?«

»Ja. Eher Bekannten. Zwei Damen, die wir gestern auf Torcello kennengelernt haben. Es hat mich überrascht, sie plötzlich zusammen mit ihnen auf dem Vaporetto zu sehen, und natürlich ging ich davon aus, dass der Flug gestrichen wurde und sie die beiden zufällig auf dem Flugplatz getroffen und beschlossen hat, gemeinsam mit ihnen zurückzukehren, damit sie mich noch vor meinem Aufbruch erwischte.«

Herrgott noch mal, was machte Laura? Es war nach drei. Von der Anlegestelle San Marco waren es nur wenige Schritte bis zum Hotel.

»Vielleicht ist die Signora mit ihren Freundinnen stattdessen zu deren Hotel gegangen. Wissen Sie, wo sie abgestiegen sind?«

»Nein«, antwortete John, »ich habe nicht die geringste Ahnung. Ich kenne noch nicht einmal die Namen der beiden Damen. Sie sind Schwestern, Zwillinge, genauer gesagt – sehen absolut identisch aus. Aber jenseits davon, wieso sollte sie zu deren Hotel gehen, anstatt hierherzukommen?«

Die Schwingtür flog auf, aber es war nicht Laura. Zwei Personen, die im Hotel wohnten.

Jetzt mischte sich der Hotelchef in die Unterhaltung. »Ich werde Ihnen sagen, was ich tue«, erklärte er. »Ich werde im Flughafen anrufen und mich nach der Maschine erkundigen. Das bringt uns schon einmal ein Stück weiter.« Er lächelte entschuldigend. Es war ungewöhnlich, dass Arrangements nicht klappten.

»Ja, tun Sie das«, meinte John. »Dann wissen wir immerhin, was dort los war.«

Er zündete sich eine Zigarette an und begann, im Foyer

auf und ab zu marschieren. Was für ein verflixtes Durcheinander. Und es sah Laura so gar nicht ähnlich. Sie wusste doch, dass er direkt nach dem Mittagessen nach Mailand aufbrechen würde – womöglich sogar schon fort war. Sie hätte doch sicher unverzüglich telefoniert, gleich bei der Ankunft am Flughafen, falls der Flug gestrichen worden war. Der Hotelier telefonierte eine Ewigkeit, er musste offenbar weiterverbunden werden, und er sprach zu schnell Italienisch, als dass John dem Gespräch hätte folgen können. Endlich legte er den Hörer auf.

»Es wird immer rätselhafter, Sir«, sagte er. »Der Charterflug wurde nicht verschoben, die Maschine ist pünktlich mit allen Passagieren gestartet. Soweit sie mir sagen konnten, gab es keine Probleme. Die Signora muss es sich anscheinend anders überlegt haben.« Sein entschuldigendes Lächeln vertiefte sich.

»Anders überlegt«, wiederholte John. »Aber wieso denn, um Himmels willen? Sie wollte doch unbedingt noch heute Abend zu Hause sein.«

Der Hotelier zuckte die Achseln. »Sie wissen doch, wie Frauen sind, Sir«, meinte er. »Vielleicht hat Ihre Gattin am Ende beschlossen, lieber doch mit Ihnen den Zug nach Mailand zu nehmen. Ich kann Sie jedoch beruhigen, dass es sich bei dem Charterflug um eine höchst respektable Gruppe von Passagieren handelte, und es war eine Caravelle-Maschine, absolut sicher.«

»Ja, ja«, sagte John ungeduldig, »ich möchte Ihr Arrangement keineswegs kritisieren. Ich verstehe nur einfach nicht, wieso sie ihre Meinung hätte ändern sollen, außer weil sie diese beiden Damen wiedergetroffen hat.«

Der Hotelier schwieg. Er wusste nicht, was er sagen sollte. Der Mann am Empfang war ebenso besorgt. »Könnte es sein«, fragte er vorsichtig, »dass Sie sich geirrt haben und es gar nicht die Signora war, die Sie auf dem Vaporetto gesehen haben?«

»O nein«, erwiderte John, »ich versichere Ihnen, es war meine Frau. Sie trug ihren roten Mantel und keinen Hut, so wie sie hier aufgebrochen ist. Ich habe sie genauso deutlich gesehen, wie ich Sie jetzt hier sehe. Ich würde es vor Gericht beschwören.«

»Es ist bedauerlich, dass wir den Namen der beiden Damen und auch das Hotel, in dem sie abgestiegen sind, nicht kennen. Sie sagen, Sie seien diesen Damen gestern auf Torcello begegnet?«

»Ja ... aber nur kurz. Sie wohnten nicht dort auf der Insel. Da bin ich mir ziemlich sicher. Zufällig sahen wir sie nämlich später beim Abendessen in Venedig.«

»Entschuldigen Sie mich ...« Gäste mit Gepäck waren angekommen und wollten sich anmelden, der Angestellte musste sich um sie kümmern. In seiner Verzweiflung wandte John sich an den Hotelchef. »Halten Sie es für sinnvoll, in dem Hotel auf Torcello anzurufen, weil die Leute dort vielleicht den Namen der Damen oder ihre Unterkunft in Venedig kennen?«

»Wir können es versuchen«, erwiderte der Hotelier. »Die Chance ist zwar nur gering, aber versuchen können wir es.«

John nahm seinen nervösen Marsch wieder auf und behielt dabei unablässig die Schwingtür im Blick, in der verzweifelten Hoffnung, jeden Moment werde der rote Mantel auftauchen und Laura durch die Tür treten. Ein weiteres endlos scheinendes Telefonat des Hoteliers, diesmal mit irgendwem in dem Hotel auf Torcello.

»Sagen Sie denen, zwei Schwestern«, erklärte John, »zwei ältere Damen, ganz in Grau und beide vollkommen gleich aussehend. Nur dass die eine Dame blind war«, fügte er hinzu. Der Hotelier nickte. Offensichtlich lieferte er gerade eine detaillierte Beschreibung. Doch als er auflegte, schüttelte er den Kopf. »Der Angestellte auf Torcello sagt, er könne sich gut an die beiden Damen erinnern«, erklärte er John, »aber sie seien dort nur zum Mittagessen eingekehrt. Ihre Namen habe er nicht erfahren.«

»So, das war's dann. Jetzt können wir nur noch warten.«

John zündete sich die dritte Zigarette an, trat hinaus auf die Terrasse und begann erneut, unruhig hin und her zu laufen. Er starrte auf den Kanal hinunter, musterte die Köpfe der Menschen auf den vorbeifahrenden Dampfern, den Motorbooten und sogar den vorübertreibenden Gondeln. Auf seiner Armbanduhr schleppte sich die Zeit hin, und von Laura keine Spur. Er wurde von einer bösen Vorahnung gequält, dass all das hier irgendwie geplant war, dass Laura nie vorgehabt hatte, das Flugzeug zu nehmen, dass sie gestern Abend eine Verabredung mit den Schwestern getroffen hatte. O Gott, dachte er, das ist unmöglich, ich werde paranoid ... Und doch, wieso, wieso? Nein, wahrscheinlicher war, dass es sich bei der Begegnung am Flughafen um reinen Zufall handelte und dass die Schwestern Laura aus irgendeinem unerfindlichen Grund bewogen hatten, nicht in die Maschine zu steigen, sie vielleicht sogar daran gehindert hatten, indem sie ihr eine ihrer übersinnlichen Visionen aufgetischt und behauptet hatten, dass das Flugzeug abstürzen werde, dass Laura mit ihnen nach Venedig zurückkehren müsse. Und Laura hatte in ihrer höchst anfälligen Verfassung alles fraglos geschluckt, überzeugt, dass die Schwestern recht hatten.

Aber angenommen, all das träfe zu, warum war sie dann nicht ins Hotel gekommen? Was machte sie jetzt? Vier Uhr, halb fünf, schon spielten keine Sonnenstrahlen mehr auf dem Wasser. Er kehrte zum Empfangstresen zurück.

»Ich kann nicht einfach nur hier rumsitzen«, erklärte er. »Selbst wenn sie tatsächlich hier auftaucht, schaffen wir es heute Abend nicht mehr nach Mailand. Vielleicht entdecke ich sie ja zusammen mit diesen Damen auf der Piazza San Marco oder sonst irgendwo. Würden Sie ihr wohl Bescheid sagen, falls sie in der Zwischenzeit kommt?«

Der Angestellte war voller Verständnis. »Ja, selbstverständlich«, erwiderte er. »Es muss höchst beunruhigend für Sie sein, Sir. Wäre es nicht vielleicht angeraten, wenn wir Ihnen für heute Nacht ein Zimmer reservierten?«

John machte eine hilflose Geste. »Ja, vielleicht, ich weiß nicht. Möglicherweise ...«

Er trat durch die Schwingtür und eilte in Richtung Piazza San Marco. Unterwegs blickte er in jedes Geschäft unter den Kolonnaden, überquerte die Piazza ein Dutzend Mal, schlängelte sich zwischen den Tischen vor dem Florian und dem Quadri hindurch, fest überzeugt, dass Lauras roter Mantel und die auffällige Erscheinung der Zwillingsschwestern sogar in diesem Menschengewimmel nicht zu übersehen waren, doch nirgends eine Spur von ihnen. Er mischte sich unter die Kauflustigen in der Merceria, schob sich an Flaneuren, Dränglern und Schaufensterguckern vorbei und wusste instinktiv, dass es zwecklos war, sie würden nicht hier sein. Warum hätte Laura, nur um einzukaufen, absichtlich ihren Flug verpassen und nach Venedig zurückkehren sollen? Und selbst wenn sie es aus einem für ihn unbegreiflichen Grund getan hätte, wäre sie doch sicher zuallererst ins Hotel gekommen, um ihn zu treffen.

Jetzt blieb ihm nur noch, die Schwestern ausfindig zu machen. Ihr Hotel konnte irgendeines der aberhundert Hotels und Pensionen überall in Venedig sein, womöglich sogar auf der anderen Seite liegen, am Zattere oder noch weiter entfernt auf der Giudecca. Diese beiden letzten Möglichkeiten schienen eher abwegig. Wahrscheinlicher war, dass sie in einem kleinen Hotel oder einer Pension irgendwo in der Nähe von San Zaccaria und dem Restaurant abgestiegen waren, wo sie am vergangenen Abend gegessen hatten. Die Blinde würde sicherlich abends nicht noch sehr weit laufen wollen. Er war ein Narr gewesen, dass er nicht früher daran gedacht hatte. Er kehrte um, ließ rasch die hell erleuchtete Einkaufsgegend hinter sich und machte sich auf zu den schmalen Gassen in dem dichter bebauten Bezirk, wo sie am Abend eingekehrt waren. Ohne Schwierigkeiten fand er das Restaurant, das aber noch nicht geöffnet hatte, und der Kellner, der gerade die Tische eindeckte, war nicht der, der sie bedient hatte. John fragte, ob er wohl den *padrone* sprechen könne. Der Kellner verschwand in die hinteren Regionen und kehrte wenig später mit dem Besitzer zurück, der, in Hemdsärmeln und leicht zerzaust, offenbar in einem unpassenden Moment aufgestört worden war und nicht seine übliche Montur trug.

»Ich habe gestern Abend hier gegessen«, erklärte John.

»Und dort an dem Tisch in der Ecke saßen zwei Damen.« Er zeigte in die Richtung.

»Möchten Sie den Tisch für heute Abend reservieren?«, fragte der Besitzer.

»Nein«, erwiderte John. »Nein, dort saßen gestern Abend zwei Schwestern, *due sorelle*, Zwillinge, *gemelle*« – wie war noch mal das richtige Wort für Zwillinge? – »Erinnern Sie sich? Zwei Damen, *sorelle vecchie* ...«

»Ah«, sagte der Mann, *»si, si, signore, la povera signorina.«* Er bedeckte seine Augen mit den Händen, um Blindheit zu demonstrieren. »Ja, ich erinnere mich.«

»Kennen Sie ihre Namen?«, fragte John. »Und wissen Sie vielleicht, wo sie abgestiegen sind? Ich muss sie unbedingt finden.«

Der Besitzer breitete die Arme in einer Geste des Bedauerns aus. »Es tut mir sehr leid, *signore*, ich kenne die Namen der *signorine* nicht, sie waren hier vielleicht ein-, zweimal, zum Abendessen, sie sagten nicht, wo sie wohnen. Vielleicht sind sie hier, wenn Sie heute Abend kommen. Möchten Sie einen Tisch reservieren?«

Er machte eine ausholende Geste, wies auf eine ganze Reihe von Tischen, die dem zukünftigen Gast gefallen könnten, aber John schüttelte den Kopf.

»Nein, vielen Dank. Ich werde wahrscheinlich woanders essen. Es tut mir leid, dass ich Sie belästigt habe. Falls die *signorine* auftauchen sollten ....«, er hielt kurz inne, »vielleicht würde ich dann später wiederkommen.« Und er fügte hinzu: »Ich weiß es noch nicht.«

Der Besitzer machte eine Verbeugung und begleitete ihn zur Tür. »In Venedig trifft sich die ganze Welt«, erklärte er lächelnd. »Es ist durchaus möglich, dass der *sig-*

nore seine Freunde heute Abend findet. *Arrivederci, signore.*«

Freunde? John trat hinaus auf die Straße. Wohl eher Kidnapper ... Seine Besorgnis hatte sich in Furcht, in Panik verwandelt. Irgendetwas war entsetzlich schiefgelaufen. Diese Frauen hatten Laura in ihre Fänge bekommen, ihre Beeinflussbarkeit ausgenutzt, sie dazu gebracht, mit ihnen zu gehen, entweder in ihr Hotel oder irgendwoanders hin. Sollte er das Konsulat aufsuchen? Wo befand es sich? Was sollte er sagen, wenn er erst einmal dort war? Er lief einfach los, ohne Plan, geriet genau wie am Abend vorher in Straßen, die er nicht kannte, und landete plötzlich vor einem hohen Gebäude mit der Aufschrift *Questura*. Wie gut, dachte er. Es ist mir egal, irgendetwas ist passiert, ich gehe da rein. Er beobachtete ein reges Kommen und Gehen von Polizisten in Uniform, die Dienststelle war also geöffnet. Er trat ein, wandte sich an einen der Männer in der Glaskabine und fragte, ob es jemanden gebe, der Englisch sprach. Der Mann zeigte auf eine Treppe, und John stieg nach oben und betrat ein Zimmer gleich rechts, wo zwei Personen saßen und warteten. Erleichtert erkannte er Landsleute in ihnen, offensichtlich Touristen, ein Mann und seine Frau, mit irgendeinem Anliegen.

»Kommen Sie, setzen Sie sich«, sagte der Mann. »Wir warten hier schon eine Stunde, aber jetzt kann es nicht mehr lange dauern. Was für ein Land. Zu Hause würde man uns nicht so in der Luft hängen lassen.«

John nahm die angebotene Zigarette und setzte sich auf einen Stuhl neben ihnen.

»Und? Was ist Ihr Problem?«, fragte er.

»Meiner Frau ist in einem dieser Läden in der Merceria die Handtasche geklaut worden«, sagte der Mann. »Sie hat sie nur einen Moment abgesetzt, um sich etwas anzuschauen, und Sie würden es nicht glauben, aber im nächsten Moment war sie weg. Ich bin ja der Meinung, es war ein Gelegenheitsdieb, doch sie behauptet, es war das Mädchen hinter der Ladentheke. Aber wer kann das schon sagen? Diese Itaker sind doch alle gleich. Jedenfalls bin ich mir sicher, dass wir sie nicht zurückbekommen. Und was haben Sie verloren?«

»Mir wurde mein Koffer gestohlen«, log John rasch. »Es waren ein paar wichtige Dokumente darin.«

Wie hätte er sagen können, er habe seine Frau verloren? Er mochte gar nicht daran denken ...

Der Mann nickte mitfühlend. »Wie ich schon sagte, diese Itaker sind alle gleich. Der alte Duce wusste noch, wie er sie behandeln musste. Gibt zu viele Kommunisten heutzutage. Das Problem ist, dass man sich nicht besonders für unseren Verlust interessieren wird, nicht bei diesem frei herumlaufenden Mörder. Sie sind allesamt auf der Suche nach ihm.«

»Mörder? Was für ein Mörder?«, fragte John.

»Sagen Sie bloß, Sie haben nicht davon gehört?« Der Mann blickte ihn überrascht an. »Ganz Venedig spricht von nichts anderem. Es hat in allen Zeitungen gestanden, selbst in den englischen, und es kam auch im Radio. Eine gruselige Geschichte. Letzte Woche wurde eine Frau mit aufgeschlitzter Kehle gefunden – auch eine Touristin – und dann heute Morgen ein alter Zausel, der auf die gleiche Art umgebracht wurde. Sie gehen offenbar davon aus, dass es sich um einen Verrückten handelt, weil es kein

Motiv zu geben scheint. Schlimm für Venedig, dass so was in der Touristensaison passiert.«

»Meine Frau und ich lesen nie Zeitung, wenn wir im Urlaub sind«, sagte John. »Und wir interessieren uns auch kaum für den Klatsch im Hotel.«

»Sehr weise von Ihnen«, lachte der Mann. »Es hätte Ihnen den Urlaub verderben können, besonders wenn Ihre Frau zur Nervosität neigt. Nun, wir reisen ohnehin morgen ab. Und wir haben auch nichts dagegen, nicht wahr, Liebes?« Er wandte sich an seine Frau. »Seit unserem letzten Besuch ist es mit Venedig nur noch bergab gegangen. Und jetzt, nach dieser geklauten Handtasche, reicht es uns endgültig!«

Die Tür des inneren Raums ging auf, und ein Polizeibeamter bat Johns Landsmann mit seiner Frau hinein.

»Ich wette, sie werden nichts für uns tun können«, flüsterte der Tourist, zwinkerte John zu und betrat mit seiner Frau das Amtszimmer. Die Tür schloss sich hinter ihnen. John drückte seine Zigarette aus und zündete sich die nächste an. Ein seltsam unwirkliches Gefühl hatte ihn ergriffen. Er fragte sich, was er hier eigentlich tat, wozu das gut sein sollte. Laura war nicht mehr in Venedig, sondern verschwunden, vielleicht für immer, mit diesen diabolischen Schwestern. Sie würde nie mehr gefunden werden. Und was sie beide sich bei ihrer ersten Begegnung auf Torcello als Fiktion, als fantastische Geschichte über die Zwillinge ausgedacht hatten, beruhte am Ende wie in einem Albtraum tatsächlich auf Fakten. Die Frauen waren in Wirklichkeit verkleidete Betrüger, Männer mit kriminellen Absichten, die ahnungslose Personen verhexten, um sie in schreckliches Unglück zu stürzen. Womöglich waren sie sogar die Mörder, nach denen die Polizei fahndete. Wer würde denn zwei respektabel wirkende ältere Damen verdächtigen, die ruhig in einer zweitklassigen Pension oder einem bescheidenen Hotel wohnten? Er drückte seine Zigarette aus, ohne sie zu Ende geraucht zu haben.

So beginnt offenbar Paranoia, dachte er. Genau auf diese Weise verlieren Menschen ihren Verstand. Er warf einen Blick auf seine Uhr. Es war halb sieben. Ich lasse das hier wohl besser sein, dieses sinnlose Bemühen im Polizeipräsidium, und halte mich an den letzten Rest von Vernunft. Kehre zurück ins Hotel, rufe in der Vorschule in England an und erkundige mich nach Johnnie. Er hatte, seit er Laura auf dem Vaporetto entdeckt hatte, nicht mehr an den armen Johnnie gedacht.

Doch zu spät. Die Tür des Amtszimmers ging auf, und das Ehepaar wurde hinausgeleitet.

»Das übliche Gewäsch«, sagte der Ehemann mit gedämpfter Stimme zu John. »Sie werden alles in ihrer Macht Stehende tun. Nicht viel Hoffung. So viele Ausländer in Venedig und allesamt Diebe! Die Einheimischen über allen Verdacht erhaben. Würde sich für sie nicht auszahlen, Kunden zu bestehlen. Na, ich wünsche Ihnen mehr Glück.«

Er nickte, seine Frau lächelte und neigte den Kopf, und fort waren sie. John folgte dem Polizeibeamten in das Büro.

Die Formalitäten begannen. Name, Adresse, Pass. Aufenthaltsdauer in Venedig etc. etc. Dann die Fragen, und John, dem nun schon der Schweiß auf der Stirn stand, setzte zu seiner nicht enden wollenden Geschichte an.

Die erste Begegnung mit den Schwestern, das Wiedersehen im Restaurant, Lauras Beeinflussbarkeit seit dem Tod ihres Kindes, das Telegramm von Johnnies Schule, die Entscheidung für einen Charterflug, Lauras Abreise und ihre unerklärliche plötzliche Rückkehr. Am Ende seines Berichts fühlte er sich so erschöpft, als wäre er nach einem heftigen Grippeanfall mit dem Auto fünfhundert Kilometer am Stück gefahren. Sein Vernehmungsbeamter sprach ein hervorragendes Englisch mit starkem italienischen Akzent.

»Sie sagten, Ihre Frau leide unter den Nachwirkungen eines Schocks«, begann er. »Machte sich das während Ihres Aufenthalts in Venedig bemerkbar?«

»Doch, ja«, erwiderte John, »sie war tatsächlich lange sehr krank. Und der Urlaub schien ihr auch nicht besonders gutzutun. Erst als sie gestern auf Torcello diesen beiden Frauen begegnete, änderte sich ihre Stimmung. Die Anspannung schien verschwunden. Ich vermute, sie war inzwischen bereit, nach jedem Strohhalm zu greifen, und die Vorstellung, unser kleines Mädchen passe auf sie auf, hat meine Frau wieder in eine Art Normalzustand versetzt.«

»Das wäre nur natürlich unter diesen Umständen«, meinte der Polizeibeamte. »Aber sicherlich war das Telegramm gestern Abend dann für Sie beide ein weiterer Schock?«

»Ja, in der Tat. Das war auch der Grund, weswegen wir beschlossen, nach Hause zu fahren.«

»Kein Streit zwischen Ihnen? Keine Meinungsverschiedenheiten?«

»Nein, überhaupt nicht. Wir waren uns vollkommen einig. Das Einzige, was mir leidtat, war, dass ich meine Frau nicht auf ihrem Flug begleiten konnte.«

Der Beamte nickte. »Es könnte sein, dass Ihre Frau plötzlich eine Art Gedächtnisstörung erlitt, und die Begegnung mit den zwei Damen wirkte dann wie ein Anker – hilfesuchend klammerte sie sich an die beiden. Sie haben die Frauen sehr genau beschrieben, es sollte nicht allzu schwierig sein, sie zu finden. Unterdessen schlage ich vor, dass Sie in Ihr Hotel zurückkehren. Wir werden uns mit Ihnen in Verbindung setzen, sobald wir etwas Neues wissen.«

Immerhin glaubten sie ihm seine Geschichte, dachte John. Sie hielten ihn nicht für einen Spinner, der sich das Ganze ausgedacht hatte und nur ihre Zeit verschwendete.

»Sie müssen verstehen, dass ich äußerst besorgt bin«, erklärte er. »Diese Frauen könnten mit meiner Frau irgendwelche kriminellen Machenschaften planen. So etwas soll es schon gegeben haben ...«

Zum ersten Mal lächelte der Polizeibeamte. »Machen Sie sich bitte keine Sorgen«, sagte er. »Ich bin sicher, es gibt eine zufriedenstellende Erklärung dafür.«

Schön und gut, dachte John, aber wie um Himmels willen sollte die aussehen?

»Es tut mir leid, dass ich Ihre Zeit so in Anspruch genommen habe«, sagte er. »Besonders, da die Polizei vermutlich alle Hände voll mit diesem Mörder zu tun hat, der noch immer frei herumläuft.«

Er erwähnte das absichtlich. Es konnte nicht schaden, wenn der Mann erfuhr, dass es, nach allem, was man wusste, möglicherweise eine Verbindung zwischen Lauras Verschwinden und dieser anderen furchtbaren Geschichte gab.

»Ach, das«, sagte der Polizeibeamte und erhob sich. »Wir hoffen, den Mörder sehr bald hinter Schloss und Riegel zu bringen.«

Sein zuversichtlicher Ton klang beruhigend. Mörder, verschwundene Frauen, verlorene Handtaschen – sie hatten alles im Griff. Die Männer schüttelten einander die Hand, dann war John entlassen und stieg die Treppe hinunter. Während er ohne Eile zum Hotel zurückkehrte, dachte er, dass der Beamte vielleicht recht hatte. Womöglich hatte Laura tatsächlich eine plötzliche Gedächtnisstörung erlitten, und die Schwestern waren zufällig am Flughafen und hatten sie zurück nach Venedig und in ihr eigenes Hotel gebracht, weil Laura sich nicht mehr erinnern konnte, wo sie abgestiegen war. Vielleicht versuchten sie sogar in diesem Moment, sein Hotel zu finden. Sei's drum, er konnte ohnehin nicht mehr tun. Jetzt lag alles in den Händen der Polizei, die, so Gott wollte, den Fall lösen würde. Das Einzige, was er sich jetzt wünschte, war, sich auf der Stelle mit einem steifen Whisky auf ein Bett fallen und mit Johnnies Schule verbinden zu lassen.

Der Page brachte ihn in ein bescheidenes Zimmer im vierten Stock an der Rückseite des Hotels. Kahl, unpersönlich, mit geschlossenen Fensterläden und dem Geruch nach Küchendünsten, der aus dem Innenhof hoch wehte.

»Lass mir bitte einen doppelten Whisky heraufschicken«, sagte er zu dem Jungen, »und ein Ginger-Ale.« Als er allein war, ging er zum Waschbecken, hielt sein Gesicht unter das kalte Wasser und war auch froh über das kleine Stück Gästeseife. Er streifte seine Schuhe ab, hängte den Mantel über einen Stuhlrücken und ließ sich aufs Bett fallen. Irgendwo schmetterte ein Radio einen alten Schlager, der schon lange nicht mehr aktuell war, aber vor ein paar Jahren zu Lauras Lieblingsliedern gehört hatte. »I love you, Baby …« Er griff nach dem Telefonhörer und bat die Vermittlung um eine Verbindung nach England. Dann schloss er die Augen, während die Stimme hartnäckig weiter darauf bestand: »I love you, Baby … I can't get you out of my mind.«

Es klopfte an die Tür. Der Kellner, der die Getränke brachte. Zu wenig Eis, welch ein magerer Trost, und doch welch ein verzweifeltes Bedürfnis. Er stürzte den Whisky ohne das Ginger-Ale hinunter, und wenige Minuten später war der bohrende Schmerz besänftigt, betäubt, und ein Gefühl von Frieden stellte sich, wenn auch nur vorübergehend, ein. Das Telefon klingelte, und er machte sich auf die absolute Katastrophe gefasst, jetzt kommt der endgültige Schock, dachte er. Johnnie stirbt wahrscheinlich gerade oder er ist schon tot. Dann blieb ihm gar nichts mehr. Sollte Venedig doch untergehen …

Die Vermittlung teilte ihm mit, die Verbindung stehe, und im selben Augenblick hörte er auch schon die Stimme von Mrs Hill. Man musste ihr mitgeteilt haben, dass der Anruf aus Venedig kam, denn sie wusste sofort, wer am Apparat war.

»Hallo?«, sagte sie. »Oh, ich bin so froh, dass Sie anrufen. Es ist alles gut. Johnnie ist operiert worden, der Chirurg hat beschlossen, es gleich mittags zu tun, anstatt weiter abzuwarten, und alles ist absolut erfolgreich verlaufen.

Johnnie wird wieder gesund werden. Sie müssen sich also keine Sorgen mehr machen und werden eine friedliche Nacht haben.«

»Gott sei Dank«, sagte er.

»Ich weiß«, fuhr sie fort, »wir sind alle so erleichtert. Jetzt gebe ich den Hörer weiter, damit Sie mit Ihrer Frau sprechen können.«

Fassungslos richtete John sich auf dem Bett auf. Was zum Teufel meinte sie? Dann hörte er Lauras Stimme, kühl und klar.

»Liebling? Liebling, bist du da?«

Ihm versagte die Stimme. Er spürte, wie seine Hand, die den Hörer hielt, feucht und kalt wurde. »Ja, ich bin es«, flüsterte er.

»Die Verbindung ist nicht besonders gut«, stellte sie fest, »aber das macht nichts. Mrs Hill hat dir ja schon berichtet, dass alles in Ordnung ist. So ein netter Chirurg und eine ganz reizende Schwester auf Johnnies Station, ich bin wirklich froh, dass alles so gut gelaufen ist. Ich bin sofort nach der Landung in Gatwick hierhergefahren – der Flug war übrigens in Ordnung, aber so eine komische Gruppe, du wirst dich totlachen, wenn ich es dir erzähle –, ich bin dann zum Krankenhaus, und Johnnie kam gerade wieder zu sich, natürlich noch ganz benommen von der Betäubung, aber er hat sich so gefreut, als er mich sah. Und die Hills sind einfach wunderbar, ich wohne in ihrem Gästezimmer; von hier ist es nur eine kurze Taxifahrt in die Stadt und zum Krankenhaus. Gleich nach dem Abendessen gehe ich ins Bett, denn ich bin ziemlich kaputt, vom Flug und von der Angst um ihn. Wie war die Fahrt nach Mailand? Und wo bist du untergekommen?«

John erkannte seine eigene Stimme nicht, als er ihr antwortete. Es war die automatische Antwort irgendeiner Maschine.

»Ich bin nicht in Mailand«, sagte er. »Ich bin noch in Venedig.«

»Noch in Venedig? Wieso denn, um Himmels willen? Ist der Wagen nicht angesprungen?«

»Ich kann es dir nicht erklären«, erwiderte er. »Es gab einfach ein blödsinniges Durcheinander …«

Mit einem Mal fühlte er sich so erschöpft, dass er beinah den Hörer hätte fallen lassen, und zu allem Unglück spürte er, dass in seinen Augen Tränen brannten.

»Was denn für ein Durcheinander?« Jetzt klang ihre Stimme argwöhnisch, beinahe feindselig. »Du hast doch wohl keinen Unfall gehabt?«

»Nein … nein … nichts dergleichen.«

Es folgte ein kurzes Schweigen, dann sagte sie: »Du sprichst sehr verschwommen. Sag bloß nicht, du hast dich betrunken.«

O Gott … Wenn sie wüsste! Wahrscheinlich würde er tatsächlich jeden Moment umkippen, aber nicht vom Whisky.

»Ich dachte«, sagte er betont deutlich, »ich dachte, ich hätte dich gesehen, in einem Vaporetto, mit diesen beiden Schwestern.«

Warum sollte er überhaupt weiterreden und alles zu erklären versuchen? Es wäre vergebliche Mühe.

»Wie hättest du mich mit den Schwestern sehen können?«, fragte sie. »Du wusstest doch, dass ich zum Flughafen gefahren war. Also wirklich, Liebling, was bist du für ein Dummkopf. Die armen beiden Altchen spuken dir offenbar zu sehr im Kopf herum. Du hast doch Mrs Hill hoffentlich nichts davon erzählt.«

»Nein.«

»Und? Was machst du jetzt? Du nimmst doch morgen den Zug nach Mailand, oder?«

»Ja, natürlich«, erklärte er.

»Ich habe immer noch nicht begriffen, wieso du in Venedig geblieben bist«, meinte sie. »Das klingt alles ein bisschen seltsam. Na ja ... Gott sei Dank wird Johnnie jedenfalls wieder gesund, und ich bin hier.«

»Ja«, sagte er, »ja.«

In der Ferne erklang der Schulgong.

»Du gehst jetzt wohl besser«, sagte er. »Grüß die Hills von mir, und Johnnie alles Liebe.«

»Gib acht auf dich, Liebling, fahr vorsichtig und verpass morgen nur nicht den Zug.«

Ein klickendes Geräusch, und sie war weg. Er goss sich den restlichen Whisky ins Glas, verlängerte ihn mit Ginger Ale und stürzte alles mit einem Schluck hinunter. Dann stand er auf, ging ans Fenster, stieß die Läden auf und lehnte sich hinaus. Er fühlte sich benommen. Seine riesige, geradezu überwältigende Erleichterung wurde irgendwie gedämpft durch ein merkwürdiges Gefühl von Unwirklichkeit, fast als wäre die Stimme aus England gar nicht Lauras Stimme gewesen, sondern ein Schwindel, und sie selbst war immer noch in Venedig, versteckte sich mit den beiden Schwestern in einer verschwiegenen Pension.

Eines stand jedenfalls fest, er *hatte* sie alle drei auf dem Vaporetto gesehen. Es war keine andere Frau in einem roten Mantel gewesen. Die Schwestern *waren* dort gewesen, zusammen mit Laura. Was war also die Erklärung dafür? Dass er langsam verrückt wurde? Oder etwas noch Unheimlicheres? Die Schwestern, die über solch erstaunliche parapsychologische Fähigkeiten verfügten, hatten ihn gesehen, als die beiden Fähren aneinander vorbeifuhren, und auf irgendeine unerklärliche Weise hatten sie ihn zu der Überzeugung gebracht, Laura sei bei ihnen. Aber warum und zu welchem Zweck? Nein, das ergab keinen Sinn. Die einzige Erklärung war, dass er sich geirrt hatte und das Ganze eine Halluzination gewesen war. In welchem Fall er einen Psychoanalytiker benötigte, so wie Johnnie einen Chirurgen benötigt hatte.

Und was machte er jetzt? Sollte er nach unten gehen und an der Rezeption Bescheid sagen, dass er sich geirrt und soeben mit seiner Frau gesprochen hatte, die mit ihrer Chartermaschine heil und sicher in England gelandet war? Er zog die Schuhe an, fuhr sich mit den Fingern durchs Haar und warf einen Blick auf seine Uhr. Es war zehn vor acht. Wenn er vorher in der Bar vorbeischaute und rasch etwas trank, würde es einfacher sein, mit dem Hotelier zu sprechen und zu erklären, was passiert war. Danach würde man sich wohl mit der Polizei in Verbindung setzen. Jede Menge Entschuldigungen also bei sämtlichen Leuten, denen er solch enorme Umstände bereitet hatte.

Er fuhr hinunter ins Erdgeschoss und marschierte beklommen direkt in die Bar, ein gezeichneter Mann mit dem unsicheren Gefühl, dass alle Blicke auf ihn gerichtet seien und jeder dächte: Das ist der Kerl mit der vermissten Frau. Zum Glück war die Bar voll, und kein Gesicht kam ihm bekannt vor. Selbst der Mann hinter dem Tresen war eine Aushilfe und hatte ihn noch nie bedient.

Er schüttete seinen Whisky hinunter und blickte über die Schulter hinter sich ins Foyer. Die Rezeption war im Moment nicht besetzt. Er konnte den Rücken des Hoteliers in der Tür eines hinteren Raums sehen, offenbar sprach er gerade mit jemandem. Einer plötzlichen feigen Regung folgend, durchquerte er die Hotelhalle und trat durch die Schwingtür nach draußen auf die Straße.

Ich werde erst einmal etwas essen, beschloss er, und bei meiner Rückkehr stelle ich mich ihnen. Ich bin ihnen eher gewachsen, wenn ich etwas im Magen habe.

Er ging in das Restaurant in der Nähe, wo er schon ein-, zweimal mit Laura gegessen hatte. Nichts war jetzt mehr wichtig, denn sie war in Sicherheit. Der Albtraum lag hinter ihm. Er konnte seine Mahlzeit trotz ihrer Abwesenheit genießen und sich dabei ausmalen, wie Laura sich zu einem langweiligen, stillen Abendessen mit den Hills setzte, früh zu Bett ging und sich am folgenden Morgen wieder zum Krankenhaus aufmachte, um an Johnnies Bett zu wachen. Johnnie war ebenfalls in Sicherheit. Schluss mit allen Ängsten, nur noch die unangenehmen Erklärungen und Entschuldigungen im Hotel.

Es war angenehm, so anonym an einem Ecktisch in dem kleinen Restaurant zu sitzen und Vitello alla Marsala und eine halbe Flasche Merlot zu bestellen. Er ließ sich Zeit, genoss sein Gericht, aß jedoch wie unter einem Nebelschleier, immer noch mit einem Gefühl der Unwirklichkeit; die Unterhaltung der Leute am Nachbartisch hatte unterdessen die gleiche beruhigende Wirkung wie Hintergrundmusik.

Als sie aufstanden und gingen, sah er auf der Wanduhr, dass es schon beinah halb zehn war. Es hatte keinen Sinn, die Sache noch weiter aufzuschieben. Er trank seinen Kaffee, zündete sich eine Zigarette an und bezahlte die Rechnung. Immerhin würde der Hotelchef erleichtert sein, dass wieder alles in Ordnung war, dachte er auf dem Rückweg ins Hotel.

Er schob sich durch die Schwingtür und bemerkte als Erstes den Mann in Polizeiuniform an der Rezeption, der mit dem Chef sprach. Auch der Empfangsportier stand dabei. Sie drehten sich um, als John herantrat, und Erleichterung spiegelte sich im Gesicht des Hoteliers.

»*Eccolo!*«, rief er. »Ich war mir sicher, dass der *signore* nicht weit sein würde. Die Dinge kommen in Bewegung, *signore*. Die beiden Damen wurden aufgespürt, und sie waren freundlicherweise bereit, mit der Polizei die Questura aufzusuchen. Wenn Sie sich sofort dorthin begeben, wird dieser *agente di polizia* hier Sie begleiten.«

John errötete. »Ich habe allen Leuten so viel Ärger bereitet«, sagte er. »Ich wollte Ihnen schon vor dem Essen Bescheid sagen, aber Sie waren gerade nicht da. Es ist nämlich so, dass ich inzwischen Kontakt mit meiner Frau hatte. Sie hat am Ende doch den Flug nach London genommen, und ich habe mit ihr telefoniert. Es war alles ein riesiges Missverständnis.«

Der Hotelier machte ein verdutztes Gesicht. »Die *signora* ist in London?«, wiederholte er, unterbrach sich und unterhielt sich in schnellem Italienisch mit dem Polizisten. »Die Damen behaupten offenbar, sie seien heute gar nicht ausgegangen, außer morgens für eine kleine Besorgung«, fuhr er dann auf Englisch fort, indem er sich wieder John zuwandte. »Wen hat der *signore* aber dann auf dem Vaporetto gesehen?«

John schüttelte den Kopf. »Ein außerordentlicher Irrtum meinerseits, den ich immer noch nicht begreife«, erklärte er. »Offensichtlich habe ich weder meine Frau noch die beiden Damen gesehen. Es tut mir wirklich schrecklich leid.«

Noch mehr schnelles Reden auf Italienisch. Und John merkte, wie der Angestellte ihn mit einem eigentümlichen Ausdruck musterte. Der Hotelier entschuldigte sich offenbar für Johns Verhalten bei dem Polizisten, der verärgert war und das auch deutlich machte, denn seine Stimme nahm, zum Verdruss des Hoteliers, an Lautstärke zu. Die ganze Angelegenheit hatte zweifellos einer Menge Leuten großen Ärger bereitet, nicht zuletzt den beiden unglücklichen Schwestern.

»Hören Sie«, sagte John und unterbrach den italienischen Redefluss, »würden Sie dem *agente* bitte erklären, dass ich mit ihm zum Polizeipräsidium gehen werde, um mich sowohl bei dem Beamten als auch bei den Damen persönlich zu entschuldigen.«

Der Hotelier wirkte erleichtert. »Wenn der *signore* sich die Mühe machen würde«, sagte er. »Natürlich waren die Damen sehr bekümmert, als der Polizist sie in ihrem Hotel befragte, und sie waren nur deshalb bereit, ihn zur Questura zu begleiten, weil sie sich solche Sorgen um die *signora* machten.«

John fühlte sich immer unwohler. Laura durfte nie etwas davon erfahren. Sie würde außer sich sein. Er fragte sich, ob es wohl unter Strafe stand, wenn man der Polizei falsche Angaben über eine dritte Person machte. Im Nachhinein nahm sein Irrtum allmählich kriminelle Dimensionen an.

Er überquerte die Piazza San Marco. Jetzt nach dem Abendessen war sie von Flaneuren und müßigen Zuschauern in den Cafés bevölkert, und alle drei Orchester spielten unter vollem Einsatz in harmonischer Rivalität. Sein Begleiter hielt unterdessen diskret zwei Schritte Abstand und sagte kein Wort.

Sie erreichten das Polizeirevier, stiegen die Treppe hinauf und betraten dasselbe Büro, in dem er noch vor Kurzem gewesen war. Er sah sofort, dass hinter dem Schreibtisch nicht der Beamte saß, den er schon kannte, sondern ein anderer, ein Mensch mit teigigem Gesicht und griesgrämiger Miene, während die beiden Schwestern, sichtlich beunruhigt – besonders die Aktive –, auf Stühlen Platz genommen hatten, einen untergebenen Uniformierter hinter sich. Johns Begleiter redete sofort in rasendem Italienisch auf den Polizeibeamten ein, während John sich nach kurzem Zögern an die beiden Schwestern wandte.

»Es gab ein schreckliches Missverständnis«, sagte er. »Ich weiß gar nicht, wie ich mich bei Ihnen beiden entschuldigen kann. Es ist alles ganz und gar meine Schuld, die Polizei hat nichts damit zu tun.«

Die aktive Schwester, deren Mund nervös zuckte, machte Anstalten aufzustehen, doch John hielt sie zurück.

»Wir verstehen nicht«, sagte sie mit starkem schottischen Akzent. »Wir haben uns gestern Abend nach dem Essen von Ihrer Frau verabschiedet und sie seitdem nicht mehr gesehen. Die Polizei kam dann vor über einer Stunde in unsere Pension und teilte uns mit, dass Ihre Frau verschwunden sei und Sie Beschwerde gegen uns erhoben hätten. Meine Schwester ist nicht besonders stabil. Das hat sie alles sehr beunruhigt.«

»Ein Fehler. Ein entsetzlicher Fehler«, wiederholte er.

Er drehte sich zum Schreibtisch um, denn jetzt wandte der Polizeibeamte sich an ihn, in einem Englisch, das sehr viel schlechter war als das des ersten Vernehmungsbeamten. Das Protokoll von Johns früherer Aussage lag vor ihm, und er tippte mit dem Bleistift darauf.

»Also?«, fragte er. »Dieses Dokument alles Lügen? Sie nicht sprechen die Wahrheit?«

»Ich habe die ganze Zeit geglaubt, es sei die Wahrheit«, erklärte John. »Ich hätte vor Gericht beschwören können, dass ich heute Nachmittag meine Frau mit diesen beiden Damen auf einem Vaporetto auf dem Canal Grande gesehen habe. Jetzt muss ich feststellen, dass ich mich geirrt habe.«

»Wir sind den ganzen Tag nicht in der Nähe des Canal Grande gewesen«, protestierte die Schwester, »nicht einmal zu Fuß. Heute Morgen haben wir ein paar Einkäufe in der Merceria gemacht und sind dann den Nachmittag über nicht mehr draußen gewesen. Meine Schwester fühlte sich nicht wohl. Das habe ich diesem Polizeibeamten schon ein Dutzend Mal erzählt, und die Leute in der Pension haben unsere Geschichte auch bestätigt. Er hat sich geweigert zuzuhören.«

»Und die *signora*?«, knurrte der Polizeibeamte ärgerlich. »Was passiert an der *signora*?«

»Die *signora*, meine Frau, ist sicher und heil in England«, erklärte John geduldig. »Ich habe kurz nach sieben mit ihr telefoniert. Sie hat tatsächlich am Flughafen die Chartermaschine genommen und ist jetzt bei Freunden in London zu Gast.«

»Wer sehen Sie dann auf dem Vaporetto in rotem Mantel?«, fragte der Polizeibeamte gereizt. »Und wenn nicht diese *signorine* hier, dann was für *signorine*?«

»Meine Augen täuschten mich«, sagte John und stellte fest, dass er anfing, sich ähnlich beschränkt auszudrücken. »Ich denke, ich sehe meine Frau und diese Damen, aber nein, es war nicht so. Meine Frau im Flugzeug, diese Damen in Pension die ganze Zeit.«

Es war, als versuche er, sich in China verständlich zu machen. Gleich würde er sich verbeugen und die Hände in die Ärmel stecken.

Der Polizeibeamte richtete den Blick zum Himmel und pochte auf den Tisch. »So all diese Arbeit für nichts«, erklärte er. »Hotels und *pensiones* wurden nach die *signorine* und eine verlorene *signora inglese* gesucht, wenn wir hier viele, viele andere Dinge zu tun haben. Du machst einen Fehler. Du hast vielleicht zu viel Wein am Mittag, und du siehst hundert *signore* im roten Mantel auf hundert *vaporetti*.« Er stand auf und raschelte mit den Papieren auf seinem Schreibtisch. »Und Sie, *signorine*«, sagte er, »Sie wünschen, Beschwerde gegen diese Person machen?« Das war an die aktive Schwester gerichtet.

»O nein«, erwiderte die, »nein, keinesfalls. Ich begreife das alles als ein Missverständnis. Wir haben nur noch den einen Wunsch, sofort in unsere Pension zurückzukehren.«

Der Polizeibeamte grummelte. Dann zeigte er auf John. »Du sehr glücklicher Mann«, erklärte er. »Diese *signorine* könnten Beschwerde gegen dich machen – sehr ernste Sache.«

»Das ist mir klar«, begann John, »ich werde alles in meiner Macht Stehende tun ...«

»Bitte, das kommt gar nicht in Frage!«, rief die Schwester entsetzt. »Wir wollen nichts davon hören.« Jetzt war es an ihr, sich bei dem Beamten zu entschuldigen. »Ich hoffe, wir müssen nicht noch mehr von Ihrer wertvollen Zeit beanspruchen«, sagte sie.

Er entließ sie mit einer Geste und wandte sich in Italienisch an den Untergebenen. Dieser Mann geht mit zur Pension. »*Buona sera, signorine*«, sagte er zu den Damen, als wäre John gar nicht vorhanden, und setzte sich wieder hinter seinen Schreibtisch.

»Ich begleite Sie«, sagte John. »Ich möchte Ihnen gern genau erklären, was passiert ist.«

Gemeinsam stiegen sie die Treppe hinunter und verließen das Gebäude, wobei die Blinde sich auf den Arm ihrer Zwillingsschwester stützte. Sobald sie draußen waren, richtete die Blinde ihre toten Augen auf John.

»Sie haben uns gesehen«, sagte sie, »und auch Ihre Frau. Aber nicht heute. Sie sahen uns in der Zukunft.«

Ihre Stimme war leiser als die ihrer Schwester, langsamer, sie schien einen leichten Sprachfehler zu haben.

»Ich kann Ihnen nicht folgen«, erklärte John fassungslos.

Er wandte sich an die andere Schwester, die die Stirn runzelte, den Kopf schüttelte und den Finger auf den Mund legte.

»Komm, meine Liebe«, sagte sie zu ihrer Zwillingsschwester. »Du weißt, dass du sehr müde bist, ich bringe dich nach Hause.« Dann, mit unterdrückter Stimme, zu John: »Sie kann hellsehen. Ich denke, das hat Ihre Frau Ihnen gesagt, aber ich möchte nicht, dass sie hier auf der Straße in Trance gerät.«

Gott bewahre, dachte John, und die kleine Prozession setzte sich langsam in Bewegung, weg vom Polizeipräsidium und rechts an einem Kanal entlang. Wegen der blinden Schwester kamen sie nur langsam voran, und es waren zwei Brücken zu überqueren. Nach dem ersten Abbiegen hatte John komplett die Orientierung verloren, aber es war ihm völlig egal. Sie hatten den Polizeibeamten dabei, und außerdem kannten die Schwestern offenbar den Weg.

»Ich muss mich erklären«, sagte John leise. »Meine Frau würde mir ein Verschweigen niemals verzeihen«, und so rollte er während ihrer gemeinsamen Rückkehr noch einmal die ganze unbegreifliche Geschichte auf, angefangen mit dem Telegramm vom vergangenen Abend und dem Gespräch mit Mrs Hill und ihrer beider Entschluss, am nächsten Tag nach England zurückzukehren, Laura mit dem Flugzeug und er selbst mit dem Auto und dem Zug. Die Geschichte klang jetzt gar nicht mehr so dramatisch wie bei seiner Aussage vor dem Polizeibeamten, denn dort hatte er unter dem Eindruck von etwas Unheimlichen gestanden, und die Beschreibung der beiden Vaporetti, die mitten auf dem Canal Grande aneinander vorbeifuhren, hatte sich sehr düster angehört, ganz nach einer Entführung von Seiten der Schwestern, die eine verstörte Laura gefangen hielten. Seit nun keine der beiden Frauen mehr eine Bedrohung für ihn darstellte, sprach er in freundlicherem Ton und mit großer Aufrichtigkeit. Zum ersten Mal hatte er das Gefühl, dass beide ihm durchaus wohlgesinnt waren und ihn verstehen würden.

In einem letzten Versuch, die Tatsache, dass er zur Polizei gegangen war, begreiflich zu machen, sagte er: »Sie müssen wissen, dass ich fest überzeugt war, Sie mit Laura gesehen zu haben, und ich dachte ...«, er zögerte, da die Idee von dem Polizeibeamten stammte und nicht von ihm, »ich dachte, Laura habe plötzlich das Gedächtnis verloren, sei Ihnen dann auf dem Flughafen begegnet und Sie hätten sie nach Venedig zurückgebracht, in die Pension, in der Sie wohnen.«

Sie hatten einen großen Platz überquert und näherten sich jetzt einem Haus an dessen anderem Ende; es trug ein »Pensione«-Schild über der Tür. Der Polizeibeamte blieb vor dem Eingang stehen.

»Ist es hier?«, fragte John.

»Ja«, sagte die Schwester. »Ich weiß, dass es von außen nicht viel hermacht, aber es ist sauber und bequem und wurde uns von Freunden empfohlen.« Sie wandte sich an den Polizeibeamten. *»Grazie«*, sagte sie zu ihm, *»grazie tanto.«*

Der Mann nickte knapp, wünschte ihnen »Buona notte« und entfernte sich über den Platz.

»Möchten Sie mit hineinkommen?«, fragte die Schwester. »Wir können bestimmt noch einen Kaffee für Sie auftreiben, oder möchten Sie lieber einen Tee?«

»Nein, wirklich, vielen Dank«, meinte John, »ich muss zurück zum Hotel. Ich werde morgen sehr früh aufbrechen. Aber ich möchte sicher sein, dass Sie verstehen, was passiert ist, und dass Sie mir verzeihen.«

»Da gibt es nichts zu verzeihen«, erwiderte sie. »Es war nur eine der vielen Erfahrungen mit dem Zweiten Gesicht, die meine Schwester und ich schon so viele Male gemacht haben, und ich würde sie gerne für unsere Akten festhalten, wenn Sie einverstanden sind.«

»Nun, was das betrifft, selbstverständlich«, erklärte er, »aber ich persönlich tue mich schwer, das Ganze zu verstehen. So etwas ist mir noch nie widerfahren.«

»Nicht bewusst vielleicht«, erwiderte sie, »aber uns Menschen stoßen so viele Dinge zu, deren wir uns gar nicht bewusst sind. Meine Schwester hat gespürt, dass Sie über hellseherische Fähigkeiten verfügen. Das hat sie Ihrer Frau auch gesagt. Außerdem hat sie Ihre Frau gestern Abend im Restaurant wissen lassen, dass Sie Probleme bekommen würden, dass Sie in Gefahr seien und Venedig verlassen sollten. Und, glauben Sie jetzt vielleicht, dass das Telegramm der Beweis dafür ist? Ihr Sohn war krank, womöglich gefährlich krank, und deshalb war es wichtig, dass Sie sofort nach Hause zurückkehren. Dem Himmel sei Dank, dass Ihre Frau nach Hause flog, um an seiner Seite zu sein.«

»Ja, wahrhaftig«, sagte John, »aber wieso habe ich Laura dann mit Ihnen und Ihrer Schwester auf dem Vaporetto gesehen, wenn sie doch in Wirklichkeit auf dem Weg nach England war?«

»Vielleicht durch Gedankenübertragung«, erwiderte sie. »Ihre Frau könnte an Sie gedacht haben. Wir haben ihr unsere Adresse gegeben, falls sie sich gern mit uns in Verbindung setzen würde. Wir werden uns noch weitere zehn Tage hier aufhalten. Und sie weiß, dass wir jede Botschaft, die meine Schwester vielleicht von Ihrer Kleinen aus der Geisterwelt empfängt, weitergeben würden.«

»Ja«, sagte John betreten, »ja, ich verstehe. Das ist sehr nett von Ihnen.« Unvermittelt hatte er ein wenig schmeichelhaftes Bild vor Augen, wie die beiden Schwestern in ihrem Schlafzimmer Kopfhörer aufsetzten, um von der armen Christine eine verschlüsselte Botschaft zu empfangen. »Hier, das ist unsere Adresse in London«, sagte er. »Ich weiß, dass Laura sich freuen würde, von Ihnen zu hören.«

Er riss ein Blatt Papier aus seinem Taschenkalender, kritzelte die Adresse darauf, sogar mit der Telefonnummer als Zugabe, und reichte es ihr. Im Geiste sah er das Ergebnis schon vor sich. Laura würde ihn eines Abends mit der Nachricht überraschen, dass die »alten Herzchen« auf dem Weg nach Schottland durch London kommen würden, und das Mindeste, was sie tun könnten, sei, ihnen ihre Gastfreundschaft, eventuell auch für eine Nacht das Gästezimmer anzubieten. Dann eine Séance im Wohnzimmer, Tamburine, die wie aus dem Nichts auftauchten.

»So, ich muss los«, sagte er. »Gute Nacht und noch einmal Entschuldigung für alles, was heute Abend geschehen ist.« Er schüttelte der ersten Schwester die Hand, wandte sich dann an ihre blinde Zwillingsschwester und sagte: »Ich hoffe, Sie sind nicht allzu erschöpft.«

Die toten Augen waren irritierend. Die Blinde hielt seine Hand fest, wollte sie nicht loslassen. »Das Kind«, sagte sie mit einer eigenartig stakkatohaften Stimme, »das Kind ... ich kann das Kind sehen ...«, und dann erschien zu seiner Bestürzung ein Schaumflöckchen in ihrem Mundwinkel, ihr Kopf kippte ruckartig nach hinten, und sie sank hilflos in die Arme ihrer Schwester.

»Wir müssen sie sofort ins Haus bringen«, sagte die Schwester. »Es ist in Ordnung, sie ist nicht krank, es ist der Beginn einer Trance.«

Sie nahmen die Blinde, die ganz starr geworden war, in

ihre Mitte, geleiteten sie ins Haus und setzten sie auf den nächsten Stuhl, wobei die Schwester sie stützte. Aus einem hinteren Zimmer kam eine Frau herbeigeeilt. Ein starker Spaghettigeruch drang aus dem rückwärtigen Teil des Gebäudes. »Machen Sie sich keine Sorgen«, sagte die Schwester, »die *signorina* und ich kommen allein zurecht. Ich denke, Sie gehen jetzt besser. Manchmal wird ihr nach diesen Anfällen schlecht.«

»Es tut mir unendlich leid ...«, begann John, doch die Schwester hatte ihm schon den Rücken zugekehrt und beugte sich zusammen mit der *signorina* über ihre Zwillingsschwester, die seltsam erstickte Laute von sich gab. Er war offensichtlich im Weg, und nach einer letzten Höflichkeitsbemerkung – »Kann ich noch irgendetwas für Sie tun?« –, die ohne Antwort blieb, drehte er sich um und machte sich auf den Rückweg über den Platz. Einmal blickte er sich noch um und sah, dass die Tür inzwischen geschlossen worden war.

Was für ein Finale dieses Abends! Und alles sein Fehler. Die armen alten Mädchen, zum Polizeipräsidium geschleppt und einem Verhör unterzogen, und damit nicht genug, noch ein übersinnlicher Anfall. Eher eine leichte Epilepsie. Viel Platz für ein eigenes Leben blieb der anderen Schwester da nicht, doch sie schien gut damit zurechtzukommen. Bedenklich allerdings, wenn so etwas in einem Restaurant oder auf der Straße passierte. Und nicht besonders willkommen unter seinem und Lauras Dach, sollten die Schwestern sich einmal dort einfinden, was bitte niemals geschehen möge, dachte er.

Aber wo zum Teufel befand er sich eigentlich? Der Platz mit der unvermeidlichen Kirche an seinem einen

Ende war ziemlich verlassen. Er konnte sich nicht erinnern, aus welcher Richtung sie vom Präsidium gekommen waren, offenbar waren sie zwischendurch zu häufig abgebogen.

Aber Moment mal, die Kirche kam ihm bekannt vor. Er ging näher heran, um nach einem Namen zu schauen, der manchmal in den Bekanntmachungen am Eingang auftauchte. San Giovanni in Bragora. Etwas klingelte in ihm. Laura und er hatten sie eines Morgens aufgesucht, um ein Gemälde von Cima da Conegliano zu betrachten. Sicherlich war sie nur einen Steinwurf entfernt von der Riva degli Schiavoni und der weiten, offenen Lagune von San Marco mit all den hellen Lichtern der Zivilisation und den flanierenden Touristen? Er erinnerte sich, dass sie damals kurz von der Riva abgebogen und direkt bei der Kirche gelandet waren. War es nicht die Gasse da vorne? Er eilte in die Richtung, aber auf halbem Weg zögerte er. Sie kam ihm doch nicht richtig vor, obwohl sie aus irgendeinem unklaren Grund vertraut wirkte.

Dann begriff er, dass es sich nicht um die Gasse handelte, in die sie an jenem Morgen eingebogen waren, als sie die Kirche besichtigten, sondern um die vom vergangenen Abend, nur kam er jetzt von der entgegengesetzten Seite. Ja, genau, und in dem Fall wäre er schneller, wenn er weiter geradeaus lief und die kleine Brücke über den schmalen Kanal nahm, dann würde das Arsenal zu seiner Linken liegen und die Straße, die zur Riva degli Schiavoni führte, zu seiner Rechten. Bestimmt einfacher, als umzukehren und sich erneut im Labyrinth der Gässchen zu verirren.

Er hatte fast das Ende der Gasse erreicht und sah weiter

vorn schon die Brücke, als er das Kind erblickte. Es war dasselbe kleine Mädchen mit der Zipfelmütze, das in der letzten Nacht über die vertäuten Boote bis zu den Kellerstufen eines der gegenüberliegenden Häuser gesprungen und dort verschwunden war. Dieses Mal kam die Kleine aus der Richtung der Kirche angerannt und wollte zur Brücke. Sie rannte, als hinge ihr Leben davon ab, und jetzt sah er auch, wieso. Sie wurde von einem Mann verfolgt, der sich, als sie sich im Laufen kurz umdrehte, gegen eine Wand presste, um unbemerkt zu bleiben. Die Kleine kam näher, schoss über die Brücke, und John, der fürchtete, sie nur noch mehr zu ängstigen, wich in einen offenen Eingang zurück, der in einen kleinen Hof führte.

Ihm fiel der betrunkene Schrei der vergangenen Nacht wieder ein, der aus einem der Häuser gekommen war, in deren Nähe der Mann sich jetzt versteckte. Genau, dachte er, der Typ ist wieder hinter ihr her, und in einer blitzartigen Eingebung verknüpfte er die beiden Ereignisse, das Entsetzen des kleinen Mädchens gestern und heute und die Morde aus den Zeitungen, angeblich das Werk eines Wahnsinnigen. Es konnte durchaus Zufall sein: ein Kind, das vor einem betrunkenen Verwandten davonlief, und doch, und doch ... Das Herz klopfte ihm in der Brust, und sein Instinkt riet ihm, jetzt selbst zu laufen, und zwar sofort, auf demselben Weg zurück, den er gekommen war – aber was war mit dem Kind? Was würde mit dem Kind geschehen?

Dann hörte er die Schritte. Das Mädchen kam durch den offenen Eingang in den Hof gerannt, in dem er stand; es sah ihn nicht und rannte zur Rückseite des Hauses am anderen Ende des Hofs, wo eine Treppe vermutlich zu einem Hintereingang führte. Die Kleine schluchzte beim Laufen. Es klang nicht nach dem normalen Weinen eines verängstigten Kinds, sondern da rang ein verzweifeltes, hilfloses Wesen panikartig nach Luft. Wohnten seine Eltern in dem Haus, die es beschützen würden und die er warnen konnte? Er zögerte einen Moment, folgte der Kleinen dann die Treppe hinunter und durch die Tür an deren Ende, die aufflog, als sie sich, die Hände voran, dagegen warf.

»Alles in Ordnung!«, rief er, »ich passe auf, dass er dir nichts tut, es ist alles in Ordnung«, und er verfluchte, dass er kein Italienisch konnte, aber vielleicht würde auch eine englische Stimme sie beruhigen. Doch vergeblich – schluchzend rannte sie eine andere Treppe hinauf, eine Wendeltreppe, die in Spiralen zu einem oberen Stockwerk führte, und schon war es zu spät für ihn, den Rückzug anzutreten. Er hörte den Verfolger hinter sich im Hof, jemand rief etwas auf Italienisch, ein Hund bellte. So, dachte er, jetzt sind wir beide dran, das Kind und ich. Wenn wir nicht oben irgendeine Tür von innen verriegeln können, kriegt er uns beide.

Er rannte die Treppe hinauf, der Kleinen hinterher, die in ein Zimmer gestürzt war, das von einem schmalen Treppenabsatz abging, folgte ihr, schlug die Tür hinter sich zu, und, dem Himmel sei Dank, es gab einen Riegel, den er vorschieben konnte. Das Mädchen hockte am offenen Fenster. Wenn er um Hilfe rief, würde ihn sicherlich jemand hören, und sicherlich würde jemand kommen, bevor der Verfolger sich gegen die Tür warf und sie nachgab. Hier jedenfalls war niemand außer ihnen beiden, es gab keine Eltern, der Raum war leer bis auf eine Matratze auf einem alten Bett und einen Haufen Lumpen in einer Ecke.

»Es ist alles gut«, keuchte er, »alles gut«, und er streckte seine Hand aus und versuchte zu lächeln.

Die Kleine rappelte sich hoch, stellte sich vor ihn hin, die Zipfelmütze rutschte ihr vom Kopf und fiel auf den Boden. Er starrte sie an, und aus Ungläubigkeit wurde Entsetzen, Panik. Es war kein Kind, sondern eine kleine, dralle Zwergin von vielleicht neunzig Zentimetern, mit einem mächtigen, eckigen Erwachsenenschädel, zu groß für ihren Körper, und grauen, offenen, schulterlangen Locken. Sie schluchzte auch nicht mehr, sondern grinste ihn an und nickte immerzu.

Dann hörte er die Schritte auf dem Treppenabsatz und das Hämmern gegen die Tür und einen bellenden Hund und nicht nur eine, sondern viele Stimmen, die brüllten: »Öffnen Sie! Polizei!« Die Kreatur griff in ihren Ärmel, zog ein Messer hervor, und als sie es mit grässlicher Kraft nach ihm warf und ihm die Kehle durchbohrte, stolperte er und stürzte, und seine Hände, mit denen er sich zu schützen versuchte, waren klebrig verschmiert.

Und er sah das Vaporetto mit Laura und den beiden Schwestern den Canal Grande entlangziehen, nicht heute, nicht morgen, sondern am Tag danach, und er wusste, warum sie zusammen waren und aus welch traurigem Grund sie gekommen waren. Die Kreatur brabbelte in ihrer Ecke. Das Hämmern und die Stimmen und das Gebell wurden schwächer. O Gott, dachte er, was für eine verdammt blöde Art zu sterben ...

NF 312/1/1.16

Die große Mystery-Romanze neu entdecken

Seit dem Tod seiner Eltern lebt Philipp bei seinem wohlhabenden Vetter Ambrose in Cornwall – bis der langjährige Junggeselle auf einer Florenzreise überraschend heiratet. In Briefen erzählt Ambrose Philipp von seinem Eheglück mit Rachel. Mit der Zeit jedoch werden die Briefe seltener, die Inhalte verwirrender. Eines Tages trifft ein beunruhigender Hilferuf aus Italien ein: Ambrose ist an einem rätselhaften Leiden erkrankt und fühlt sich von Rachel bedroht. Philipp reist alarmiert nach Florenz, doch er kommt zu spät: Ambrose ist tot, und von der jungen Witwe fehlt jede Spur ... bis Rachel vor Philipps Tür in Cornwall steht. Und sie ist ganz anders, als er erwartet hätte: humorvoll, intelligent und zurückhaltend. Mehr und mehr verfällt Philipp der schönen Frau, doch plötzlich erkrankt auch er ...

Daphne du Maurier, Meine Cousine Rachel. Roman.
Aus dem Englischen neu übersetzt von Christel Dormagen und Brigitte Heinrich. insel taschenbuch 4497. 450 Seiten

NF 354/1/11.16

Schönheit und Geheimnis einer zauberhaften Landschaft

Daphne du Maurier war erst 19 Jahre alt, als sie sich 1926 dazu entschloss, das Feriendomizil ihrer Eltern im cornischen Bodinnick nicht mehr zu verlassen. Denn dort in Cornwall hatte sie ihre neue Heimat gefunden, den Ort ihres Herzens, wo sie nicht nur die Freiheit spürte, ihr Leben zu verbringen und die Natur zu genießen, sondern auch die Inspiration, zu schreiben.
In *Zauberhaftes Cornwall* setzt sie ihrem Herzort ein Denkmal. Sie erzählt von der wunderbaren cornischen Landschaft, ihren Menschen und deren Lebensart. Ebenso Reiseliteratur wie Roman und Memoire, ist dieses Buch Daphne du Mauriers ganz persönliche Hommage an eine der reizvollsten Gegenden Englands, ein Buch voller Geschichten und Legenden, von geheimnisvollen Schlössern, verwunschenen Spelunken, Schmugglern und legendären Königen.

Daphne du Maurier. Zauberhaftes Cornwall. Roman. Aus dem Englischen neu übersetzt von Brigitte Heinrich. insel taschenbuch 4299. 222 Seiten

NF 382/1/10.17

»Ich liebe die Romane von Penelope Fitzgerald!« ***Teju Cole***

Auf den Hausbooten in Battersea am Ufer der Themse hat sich eine bunte Truppe zusammengefunden. Gemeinsam genießt man das freie Leben auf dem Wasser, gemeinsam kämpft man gegen undichte Boote und chronischen Geldmangel: Willis versucht verzweifelt, sein marodes Schiff zu verkaufen, verschweigt den Käufern aber die löchrigen Planken, und während der kleinen Feier, die den Erfolg besiegeln soll, sinkt die Dreadnought innerhalb weniger Minuten. Nenna wohnt mit ihren beiden Töchtern auf dem Kahn Grace und hofft, dass ihr Ehemann zu ihr zurückkehrt, und Richard, der »Skipper«, ein ehemaliger Marineoffizier, hat zwar Geld genug, aber seine Frau sehnt sich nach einem Cottage auf dem Land. Einzig Maurice, ganz Lebenskünstler, scheint mit seinem Los zufrieden, bis in einer stürmischen Nacht auch seine Existenz durcheinandergewirbelt wird …
Humorvoll und mit leiser Melancholie erzählt Penelope Fitzgerald vom Leben am Wasser, von Liebe und Verlust und von Menschen auf der Suche nach dem kleinen Glück.

Penelope Fitzgerald, Ein Hausboot auf der Themse. Roman. Aus dem Englischen von Christa Krüger. Mit einem Vorwort von Alan Hollinghurst. insel taschenbuch 4457. 190 Seiten

NF 355/1/11.16

»Wenn ich mir fünf Bücher für die einsame Insel aussuchen müsste, *Die Buchhandlung* wäre unbedingt dabei.«
Michael Ondaatje, Druckfrisch

Florence Green erwirbt in Hardborough, einem verschlafenen Dorf an der Küste Ostenglands, das Old House als zukünftiges Domizil für ihre Buchhandlung. Dass das Gebäude anscheinend von einem Poltergeist besessen und bis auf die Grundmauern feucht ist, bringt sie von ihrem Vorhaben ebenso wenig ab wie die Tatsache, dass sie von finanziellen Dingen keine Ahnung hat. Voller Schwung stürzt sie sich in die Vorbereitungen und stattet ihre Buchhandlung liebevoll aus. Die Einwohner des kleinen Städtchens begegnen dem Unternehmen zunächst mit Skepsis, bald stellen sich jedoch erste Stammkunden ein. Als Florence Green aber dann ein gerade erschienenes Buch eines bis dahin unbekannten Autors, Vladimir Nabokov, verkauft, ist die Aufregung groß und weitet sich zu einem Skandal aus ...

Penelope Fitzgerald, Die Buchhandlung. Roman. Aus dem Englischen von Christa Krüger. Mit einem Vorwort von David Nicholls. insel taschenbuch 4346. 164 Seiten

NF 379/1/6.17

»Eine hochspannende Mischung aus Emotionen, Drama und Intrigen, eine Handlung voll unerwarteter Wendungen.« ***Irish Independent***

Irland, 1980. Ein junger Mann stürzt sich an der Küste von Cork in die Fluten des aufgewühlten Meeres. Im letzten Moment wird er gerettet – von einer Frau, die selbst mit ihrem Dasein hadert. Zusammen erfahren sie eine Liebe, die sie zurück ins Leben holt. Doch ihre Begegnung hat weitreichende Konsequenzen – die dreißig Jahre später das Leben einer jungen Frau völlig aus den Angeln heben.

Von der sturmumtosten Küste Corks bis ins moderne Dublin erstreckt sich dieser fesselnde Roman, der von der Macht der Vergangenheit erzählt und vom Mut, am eigenen Glück festzuhalten – um jeden Preis.

Zoë Miller, Das Geheimnis jener Tage. Roman. Aus dem Englischen von Peter Knecht. insel taschenbuch 4496. 516 Seiten.

NF 381/1/6.17

NF 291/1/1.16